邱华栋
短篇小说集

母狼布兰基

邱华栋 ○ 著

希望出版社

图书在版编目（CIP）数据

母狼布兰基 / 邱华栋著 . -- 太原 : 希望出版社，
2025. 6. -- ISBN 978-7-5379-9292-3

Ⅰ . I247.7

中国国家版本馆 CIP 数据核字第 20248WM939 号

母狼布兰基
MULANG BULANJI

邱华栋 著

出 版 人：王 琦	美术编辑：王 蕾
责任编辑：赵 微	插　　画：达 石
复　　审：宬源雪	封面设计：周骁羽
终　　审：傅晓明	责任印制：李 林

出版发行：希望出版社
地　　址：山西省太原市建设南路 21 号
开　　本：880mm×1230mm　1/32　　印　　张：6.5
版　　次：2025 年 6 月第 1 版　　印　　次：2025 年 6 月第 1 次印刷
印　　刷：山西人民印刷有限责任公司
书　　号：ISBN 978-7-5379-9292-3　　定　　价：28.00 元

版权所有　盗版必究

目录

人性·力量

骑手海萨尔　3

血染的永恒之爱　16

漂流岛　34

母狼布兰基　51

走出冰雪大森林　69

追寻·归宿

杀戮 101

奔向那一轮红艳艳的太阳 116

生命的足音 138

大地守夜人 159

归宿 174

人性・力量

骑手海萨尔

九月的山地异常灿烂,塔松比往常更绿,山谷里的老鹰盘旋得更稳当,阳光明亮得叮当作响,青草像绿色的火苗子一样在山坡上随风摇摆,空气里弥漫着一股子秋天的香气。

十三岁的简力别克骑着马迅疾地掠过草地,向他家的毡房驰去。他知道,过不了多久,等到所有的草都变黄了的时候,他和爷爷就该转场了,从山上的夏季牧场搬到山下的冬季牧场去,因为大雪很

母狼布兰基

快就会封山了。

简力别克喜欢听故事,他老是缠着爷爷海萨尔讲故事。爷爷海萨尔的故事多得数不清:什么爷爷的爷爷的爷爷……与成吉思汗在阿尔泰山的血战啦,七个勇士寻找金牧场的故事啦,还有爷爷自己如何用一根蒙古套马杆杀死一头大哈熊啦,等等。每天晚上,毡房里点亮油灯,屋子里就剩下爷爷和他时,爷爷就开始讲故事了。

在简力别克眼里,爷爷比过去明显老多了,走起路来一歪一歪的,打马跑过三个山梁就累得直喘气,而且,一顿饭吃不掉一条羊腿了。

每天晚上听完故事,简力别克就会枕着爷爷的腿沉沉入睡。有一天,听完了故事,他睡不着,问道:"爷爷,爷爷,告诉我,为什么你的腿瘸了呢?"听他这一问,爷爷刚才还满面红光的脸立刻阴沉了,阴沉得好吓人哪。他再也不敢吱声了。

不过他猜想，爷爷的瘸腿里一定有一个惊险故事。

这面山坡如今只住着他和爷爷两个人，半夜的时候常有狼和哈熊的吼叫震荡着山林。但有爷爷在，他什么也不怕。他的爸爸妈妈去土耳其两年了，可他不想去，那年夏天他们要带他走的时候，他躲到四个山梁外的另一个牧场，躲了七天，直到他们坐飞机走了，他才回来。他要陪着爷爷。爷爷太孤单，爷爷有许多故事要讲给他听，他也离不开爷爷。

现在，他把马拴住，走进毡房，没见爷爷的影子，房内一角放着的那把大钐镰也不见了。他知道爷爷去打草了，就找出来一把小镰刀，出了毡房，跃上马背，向南面的山坡驰去。

不一会儿，他就在马上看见穿着一身黑条绒衣服的爷爷了。爷爷正弓着腰，嘴里呼哧呼哧喘着气，使劲地挥动着手里的大钐镰，镰刀所到之处，半人高的青草应声倒了下来，像一层波浪一样，而且还发出了

好听的声响。简力别克大喊了一声:"爷爷,爷爷,我来帮你啦!"他的马飞快地跃上了山坡,跃到了爷爷近前。

阳光非常密集和明亮,暖洋洋的,并不晒人。爷爷和他伫立在天山山坡上,放眼望去,见有一大片草地都空了,割倒的草躺满了整个山坡。四周非常安静,空气里弥漫着草香。

"多好的天啊。"爷爷抚摸着自己的腿,拉简力别克坐下,"不过,冬天马上就要来了,咱们得多割些草啊。"简力别克"嗯"了一声,望着远处戴着白帽子的冰峰和萦绕着它们的白云出神。

晌午的时候,他们打马下山,每匹马的后面都拖着像半个房子那么高的草捆儿。简力别克可高兴了,他的马跑在爷爷的前面,喷着鼻,撒着欢。

等到他们的草垛堆得像一座小山高的时候,冬天伴随着一场突如其来的大雪,降临了。那一天,他和爷爷赶着拉满了两人高的草捆的四辆牛车和他们的羊群沿着天山克拉迪列峡谷下山了。雪花像棉絮一样飘飘洒洒，不一会儿，就在他和爷爷身上积了厚厚的一层。雪并不冷，很暖和的，因为北风不大，整个天山都被一片苍茫的落雪给淹没了，灰蒙蒙的。简力别克觉得很好看。他最喜欢下雪了，雪是世界上最美的东西，那么洁白，比最白的羊毛还白，还美丽。他看见山梁上笔直站立着的深绿色塔松都披上了白衣裳。他高兴极了，跑过一棵大红松底下的时候，他一甩马鞭，那马鞭闪电般在空中一个脆响，缠住了一根树枝，他在跃马向前之时用力一拉，那树上的雪哗地抖落了，刚好落了随后赶来的爷爷一身。

简力别克笑了。他的脸红扑扑的，被雪光映照得非常明亮。他大声喊："爷爷，你老啦！"

海萨尔拍掉了身上厚厚的雪，慈祥地看着自己

可爱的孙子,也笑了。他在马上像狂风中的大树一样摇摆着,马在崎岖狭窄的山路上左冲右突,绕过山石,跨过溪涧。海萨尔吸着冰凉的空气,猛地一阵咳嗽。"我老了,就是冬天把我变老的。"他抬头看天,天上灰蒙蒙一片,有一只苍老的秃鹰在空中盘旋。"你也老了,叼不动一只羊了,一到冬天你的日子也不好过了。"那只秃鹰盘旋着,直到他再也看不见它。他感觉到自己的腿有些发痒。他知道,老毛病又要犯了。两条腿的膝关节仿佛灌进了风,凉气沁入肌骨。他腾出一只手,轻轻地揉着,揉着。眼前,雪花凌乱地飞舞着,牛车嘎吱嘎吱响个不停。

下午的时候,他们下到了山谷口。这个时候,雪小了,风却增大了,天空中充满了它那尖厉的呼啸声。他们在一个供过路人使用的木棚子里生了火,煮了奶茶和羊腿肉,饱餐了一顿。简力别克看出爷爷的腿瘸得更厉害了,眼神也聚不到一起,老是呆

人性·力量

呆地看着什么不动。"爷爷,你怎么啦?"海萨尔的目光一抖,他转过脸来拍了拍孙子:"小简力别克,走吧,上马吧,天黑的时候我们就会到第一个驿站牧场的,走吧。"

两人再次上马,在大雪纷飞中赶着牛车和羊群。在马背上,海萨尔对简力别克说:"小简力别克,我给你讲一个关于骑手的故事吧。"简力别克很高兴地甩了甩马鞭,从他的马上跳到爷爷的马上,坐在爷爷的前面。然后,海萨尔就开始讲了。

"有一年冬天,那还是在很久很久以前,离现在有三十多年了吧。那年冬天很冷。一直到第二年快接近春天的时候,突然来了一场暴风雪,伊犁大草原的所有牧场都没有防备。那个时候,牧场贮存一冬的草都吃光了,牧人们把马群都拉到一些河谷或是低地长出草芽的地方放牧,也就是在这个时候,那场雪暴十分突然地降临了。

母狼布兰基

"那场雪暴非常猛烈,是晚上来的,一开始还夹杂着鸡蛋大的冰雹,那天晚上整个大草原上所有的马群都惊了。它们不听牧人的召唤,像疯子一样在大雪中四处狂奔。我要给你讲的这个骑手,他放牧的二百匹马,都被雪暴吓惊了,炸了群……

"这个骑手身体非常强壮,他是当时整个大草原上的叼羊比赛冠军,骑术非常好。当他弄明白这是怎么回事儿之后,取出怀中的一瓶烈酒,喝了半瓶,裹紧衣服,用力鞭打坐骑,开始追了。雪非常大,像小刀片一样嗖嗖地刮着他的脸。他的马像箭一样冲进了雪野。不时地有鸡蛋大的冰雹砸在了他的头上和身上,钻心地疼。他根本不理会,沿着马群惊走的方向追去。

"马一旦受惊是很可怕的,尤其是在这样的天气里,马群又跑在一马平川的草原上,因此它们奔逃的速度非常快。骑手的坐骑是一匹黑马,外号

'黑箭'。他的'黑箭'像箭一样在风雪中疾速追赶。骑手知道，首先他得追上他的马群，然后得制服惊马中的头马，这样才能制服惊马群。要知道，二百匹受惊的马在雪原上狂奔，是很难制服的。

"那个骑手不断地鞭打胯下坐骑。这个时候，天已经完全黑了。骑手和他的马在茫茫黑夜中追赶着。他已经听到了马群的嘶叫和蹄声。他感到自己的身上出汗了，汗很快地就浸湿了他的内衣。他在马上像狂风中的树枝一样摇摆着，他的马一刻也不停地奔跑着……渐渐地，他的马接近了马群。这个时候，天亮了，他在大风雪中整整追赶了一夜，现在，他终于看见了那群惊惶失措、疾速狂奔的马。

"风雪依旧没有停，风像刀子一样切割着他的脸。他脸上的汗水和雪水哗哗地流淌着，浑身上下有热气蒸腾而起。他的'黑箭'累坏了，好在他已经追上他的惊马群了。

"他瞅准机会,将腿抽出马镫,站在了'黑箭'背上,猛力一跃,就跳到马群中一匹花斑马的背上。与此同时,他那匹坐骑咴咴叫了一声,一头栽倒在雪地上了。它是累坏了!这个时候,他已制服了花斑马,拉转身,看见自己那匹'黑箭'口吐白沫,躺在雪地上已经死了。惊马群依旧向东北方疾驰,马蹄擂击大地的声音渐渐远去了。

"他下了马,悲哀地看着自己心爱的坐骑,然后,他卸下马鞍,放在了花斑马的背上,再次跃上马,回头又看了一眼那匹躺倒的马,挥动马鞭,又追了上去。

"他的脑海里,只有一个想法,那就是,追上马群制服它们,把它们带回来。现在,他猜想他和马群是不是已经跑了近一千公里了。如果这样跑下去,他猜想马群肯定会跑到蒙古或是苏联。这个时候,他发现草原已经在他们脚下消失,他和马群开始在小坡地和戈壁状的地上疾驰。傍晚时分,他又一次追上了他的马群。他选择了一个机会,从累得够呛的花斑马身上跳到了一匹矫健的枣红马身上。那匹花斑马慢慢停下来,而他和胯下的枣红马则被马群裹挟着向前狂奔。雪大了一些,没有冰雹了。马蹄声震响了大地,夜晚再次降临。他感到浑身又热又湿十分难受,他的身子在没有马鞍的枣红马背上滑来滑去。他知道,自己一旦落地,很快就会被马群踩死。他用手抱住枣红马的脖颈,沉沉地睡去了。

"他伏在马背上,睡了一夜。第三天清晨一醒来,趁着雪光,他看见了那匹黄骠头马。二百匹马在它身后疯狂地奔跑着。马蹄踏过大地发出了震耳欲聋的声响。他的马离那匹黄骠头马越来越近,他的眼睛也越睁越大,最后,他鼓足全部的力气,一跃而起,向那匹头马扑去。

母狼布兰基

"现在,他终于坐在头马的身上了。那匹黄骠马异常暴虐地高高扬起了前蹄,几次都险些将他从马上甩下来。'我一定要制服你!'他想,'你会把马群带到死亡那里去的。'他在马背上上下翻飞,像风中的旗一样。头马激烈地嘶叫着,抖动着浑身的肌肉,使劲地甩动着背上的他,一会儿高高地跃起前蹄,一会儿又使劲甩动臀部,但他就是不松手,抓紧了马鬃和马脖子。与这匹暴烈的黄骠马搏斗了三个小时,最后,头马终于停下来了。这个时候他才发现,他们离边境线只有一百米了。

"接下来的两天里风雪不断,他胜利地赶着他的马群往回走。在第五天的黄昏,伊犁一个牧场的毡房里的人听到一阵阵马嘶,他们从毡房里冲出来的时候,看见有一匹黄骠马像闪电一样带着几百匹马,向这里狂奔而来。他们都看见那个骑手在马上巍然而立,浑身热气腾腾。当马群旋到毡房门口时,他一头从马背上栽了下来。"

"他后来怎么样了?"一直紧张地听着故事的简力别克这个时候顾不得抖掉身上厚厚的积雪,转过脸问爷爷,"他……死了吗?"

"不,他没有死,只是他的腿后来就瘸了。而且,再也没有过去强壮了。那场暴风雪彻底地毁了他。"爷爷海萨尔说到这里,简力别克看见他的眼角溢出来一些晶亮的泪水。简力别克猛然明白了,他大叫:"爷爷,爷爷,我明白了,那个骑手就是你,就是你呀!"

海萨尔没有说话。他那饱经沧桑的脸在风雪中显得非常坚定,目光深邃无比。这个时候,夜晚已经来临了,他说:"小简力别克,你看,我们已经到了驿站牧场了。"

母狼布兰基

血染的永恒之爱

布拉提追赶那只火狐狸，已经整整一天了。

那是一只有着一身漂亮的火红色皮毛的母狐狸，而布拉提追赶它正是为了获得那一张珍贵的火狐皮。

两年前，布拉提举行"银奶洗手宴"的时候曾经宣布，他再也不会操起那杆跟了他三十年的猎枪，而且还发了誓："只要再操起那杆枪，就把它砸了！"布拉提可是一个能把猎物打个眼对穿的优秀猎人!并且还是一名养的牛羊多到数不过来的牧人。可他为什么要违背自己的誓言,冒着毁枪的结局(毁掉了枪也就意味着他大半辈子狩猎英名的毁灭),而去捕获那么一张火狐的皮呢?

他的儿子拉吉因为中考发挥失常,成绩差了几分而没能进入高中,但布拉提听说那所中学的校长洛依很喜欢火狐皮,但一直没有得到。布拉提想,假若自己能给他弄一张火狐皮的话,那么拉吉上高中的问题或许就好办了。

布拉提是多么地爱他的儿子啊。他就知道养马养羊,钱从来都数不清。每次内地的或是本地大城市的一些生意人拿一些小玩意儿,如玻璃弹儿、项链啦,就可以换走他的牛羊。但他却并没有感到吃亏,反倒挺高兴。而且布拉提买卖牲畜时都是看一叠钱的厚度来决定生意的合算与不合算的——他只认多。

自从儿子上学以来,布拉提才知道了自己的愚昧和无知。为了对得起塔林娜娅——拉吉死去的母亲,自己心爱的妻子,他也要让儿子继续接受良好的教育。

这时,他正趴在一丛红柳之后,紧紧地盯着左侧那只漂亮火狐的一举一动。火狐正在掏挖着一丛骆驼刺下的沙鼠洞。只见它飞快地用前爪往外扒着沙土,期待着能捕到它渴望得到的东西。然而这个被称为很狡猾很聪明的狐狸没有料到,有一个最危险的敌人正暗中监视着它,以求得那张只有它停止了心跳才能被人夺到的美丽皮毛……

他为什么不开枪呢?他在寻找机会。因为火狐是非常罕见的,因而也就格外珍贵。只有把火狐打个眼对穿——子弹从一只眼进从另一只眼出,狐皮才真正有价值。

这个机会是多么难寻啊!布拉提就这样等待着

人性·力量

令他无比激动的时刻的到来……

火狐也丽做了妈妈啦！这是它平生感到最快慰和有意义的事儿。然而它的丈夫毛瑟在孩子降生十天后，便被一个人开枪打死了，从此也丽便担起了丈夫的责任——去寻找食物。它既要像父亲一样地严厉管教孩子们，又要以温柔的母爱来温暖孩子们，让他们尽快地成长。

值得它高兴的是，几个孩子长得都很结实，一个个食欲很旺盛，使得也丽不得不跑远路到沙鼠多的地方寻觅食物，因而它也就不知不觉地进入了它们狐类划定的危险区。

这时也丽已经刨开了沙鼠窝。好家伙！有十几只硕大肥圆的沙鼠！也丽欢叫起来，用闪电般的速度，把它们一一击毙。然后叼起它们的尾巴，轻快地炫耀般地抖动着火红的美丽毛皮，准备踏上归程。

就在此时，它那双灵敏的耳朵忽然捕捉到了异

母狼布兰基

常的响动，它立刻意识到了身旁存在巨大的危险。它本能地倏然往下一趴，与此同时，一粒子弹带着呼啸声，擦着它的头顶而过。也丽蕃地打了个滚，撒开腿便奔逃而去……

刚才布拉提好不容易等到了一个绝妙的机会，然而，这只火狐没有他想象中的那么愚笨，它非常聪明机智地躲过了那致命一击，这使布拉提非常懊恼。他将了将络腮胡子，提起那杆老枪循着沙地上非常清晰的脚印追去……

这个时候已经是半上午了，太阳残暴地折磨和蹂躏着大漠，似乎大漠欠了它无数的债务。新月形的沙丘一座接一座，连成一片无际的莽莽沙海。偶尔有一阵风吹过，才把那些蔫头耷脑的铃铛草、沙棘什么的推得摇几摇。远处的热风流溢着，颤动着，继而扩展，扩展成苍茫的死一般的寂寥……

几个小时的追踪，使布拉提心焦气躁。他已经不知不觉地进入了被人们称为死亡地带的沙漠腹地。这是他没料到的。猛然间他感到肚子一阵剧痛,立刻明白了这是饥饿造成的。于是他赶紧趴在一片枯草上,从背袋中掏出一块干粮,用力地嚼了起来,嚼得很响。几分钟后,他的肠胃首先感到了充实,一股股活力也登时从肠胃中涌进每一条血管,涌向每一个毛孔。

那只火狐又能跑到哪里呢?他望着也丽留下的一直延伸到远处的脚印发着呆。

又休息了一会儿,他突然感到了焦渴难耐,慌忙中摸遍全身,才发觉水袋早已空了。猛然他又醒悟:自己已经陷入了绝境。他已不知不觉地走向死亡,而这却是他自找的。

如果趁现在循着踪迹返程的话,说不定可以解脱大漠无情的宣判。但假若突然起了沙暴的话,那么这一切又仅仅只是幻想。

母狼布兰基

是追还是归?他问自己。这可是关系到自己的生死存亡啊!他想踏上归程。然而儿子拉吉那张焦虑的哀求似的面容立即浮现在眼前。终于,他决定:追下去!一定要得到那张能改变他们家命运的毛皮!

……也丽跑得累极了。它纳闷:怎么不管自己跑多远,不久身后就会响起敌人匆匆而来的充满着恐怖与敌意的脚步声呢?它感到了死神正向它狰狞地笑。那四个可爱的小宝宝,谁来照顾它们呢?它心焦如焚,真想立刻"飞"到孩子们身旁,看看它们是不是都饿坏了。可是它又不敢那样做。因为不停地追赶着它的敌人的脚步声告诉它,如果那样做了,将会导致无法想象的严重后果!它不敢再想下去。

这会儿它才感到饥渴难忍。当它翻过一个小沙包时,沙包下赫然生着一大丛沙棘,缀满了红色的浆果,然而也丽感兴趣的不是浆果,而是沙棘下的洞穴内的沙鼠。

它悄悄到了洞口,立刻用爪子刨了起来。突然一个活物窜了出来,它飞快地捕获对方,才发觉猎物不过是一只它平常最讨厌的血蜥蜴。然而求生的本能促使它必须吃掉那东西。于是它忍着那血腥味的冲击吃了一些蜥蜴的肉,这才感到体内有了一些能量,因而它也就有信心来摆脱敌人要命的追踪了。它是多么热爱这片土地,多么爱它的孩子们啊!

它刚休息了片刻,那令它恐惧的脚步声又追踪而至。于是也丽起身继续向远方——苍茫的大漠腹地奔去……

布拉提气喘吁吁地追了上来。他觉得渴极了,似乎自己的生命正一丝一丝地被太阳那灼热的光芒抽走。

突然,他的视线触到了那丛沙棘上缀着的亮闪

闪的浆果。他高兴坏了,一个蹦子跳到跟前,抓起果子大口吃起来。红色的浓浓的果汁沾满了他的胡子,溅上了他那张古铜色的脸。少时,他感到沁人心脾的凉意正从每一个毛孔释放出来,追赶中的焦虑和饥渴立刻被惬意代替了。吃饱了浆果,他倚着棘丛,准备小憩一会儿,但一眼瞥见了那只翻着血色烂肉、散发着腥臭的蜥蜴,他觉得恶心,哇的一声,大口大口地吐了起来……吐过之后,他埋住死蜥蜴,又吃起浆果来——为了生存!

还得追下去吗?得追多久?能追上吗?他一时又怀疑起自己来。但对未来的希望太大了,他又一次打消了返程的想法。之后,他又追了下去……

也丽这时焦虑不安。离开了自己的孩子,对任何一个母亲来说都是放心不下的。也丽的右眼皮老是跳,跳——是不是自己的孩子出了什么事?是不是?!它害怕起来,感到自己的心仿佛要从风箱似的胸脯中跳出来似的。得回家看看！得回家看看！

由于有了这个信念的驱使，也丽箭一般地奔向了自己的家。而它却忘记了此行对它来说意味着什么。它心中只是在呼唤：孩子！我的孩子！

终于望见那一大片红柳了！也丽非常激动。它快速地跑到了近前，忽然，一群黑鸟从红柳丛中惊惶地飞走。猛然间也丽察觉：不好！

它飞快地跳进柳丛，眼前的景象使它呆住了：四个孩子直挺挺地死去了！它们的脸上带着笑意，似乎在期待和憧憬着美味和母亲温柔的爱，而它们的眼睛都被鸟儿啄去了！

泪水，泪水！泪水立刻挂满了它的脸，浸透了它的心。这个打击，是任何一个做母亲的都难以承受的。

"该恨谁呢？谁是凶手？是那个敌人——布拉提？不，不。他只是要我，而不是去杀我的孩子们。是我自己！是我为了自己的安危而舍弃了它们的！

母狼布兰基

我苦命的孩子们啊……"

然而,那脚步声又响了起来。也丽猛然愤怒地转过脸,用仇恨的目光盯着那个从沙丘后一点一点探出身子的黑影,心想:我要报仇!来吧!我什么都不怕!

但随着布拉提的靠近,也丽这种想法也立刻萎缩了。求生的欲望又在它心头油然而生。而求生,则是地球上所有动物的本能!

它依恋地望了一眼死去的孩子们,才隐入旁边的密丛中。

……布拉提又追了上来。他瞧见了这片红柳丛。一阵狂喜涌上心头,他拉开大步,快速跳进红柳丛。

然而呈现在他面前的景象并不像想象的那么美妙,他也呆住了 片刻之后,他掉下了泪。人也是动物,他有爱自己后代的天性。他感到了一种深深的罪责!

人性·力量

当他凝神伫立于苍茫之中独自忏悔的时候,他忽然听到了一种异样的响动。他慌忙转过身来,这才发现火狐也丽——自己追捕已久的猎物,正饱含着泪水,用极哀怨的目光盯着他,一步一步地无畏地向他逼来!

布拉提一下子便将枪取了下来,瞄准了也丽。枪上的准星告诉了他这会是一个怎样的奇迹。他惊喜地想:这难道是天赐的吗?

但是当他正要扣动扳机的一刹那,一种怜悯,或者说是一种由慈爱、宽容以及人类许多美好的天性混合的感情涌上了他的心头。他一瞬间觉得,难道自己间接地杀死了火狐的四个孩子,还要去杀死小火狐的母亲吗?

他有些迟疑了,猎枪的枪口渐渐在低垂……双方用包含着无比复杂的感情的目光互相凝视着!

然而这个时候,远方大漠之中,一个大大的棒

槌似的沙柱立了起来——那是龙卷风沙暴!眼见那龙卷风沙暴带着摧毁一切的架势,向这儿扑来,并且,它们的先锋队——一些小风儿已经开始掀动这儿的沙土了!

人兽依然对视着!这两个生灵啊!

布拉提发现了那龙卷风沙暴,不禁猛地一跺脚,大吼了一声:"快走!"随即便俯下身子,把四只小火狐一只只摆好,又颤抖着从四周的红柳丛中折了一些缀着淡粉色小花的枝条,轻轻地将它们的尸身覆盖,然后用力推动沙土,把它们掩埋了。于是这个世界上又多出了一座小小的饱浸着泪水的坟茔,一个归宿,一个象征生命完结的句号。

而当他再次转过身时,也丽已经不在了。布拉提急忙向安全的地方奔去……

风迅疾地扑来。幸亏,沙暴的中心并不经过此地带,否则,后果不堪设想。眼见浊浪排空,那势头,似乎要把一切吞灭!布拉提眯着眼睛,背向风沙之来势,艰难地向安全处奔走……风沙好几次都推倒了他,把他埋起来……但他又站起来,继续与风沙搏斗……

为了生存!布拉提心中喊着:我不能死!我还有儿子!我还有儿子!

……

夜。一切归于寂静。沙暴又一次精心策划的暴动彻底地宣告失败,就像邪恶永远都不能战胜正义一样。现在它们现了原形:一个个没有脊梁地软软地趴在了那儿。也许,它们仍心怀希望等待着狂风——那个暴虐的灵魂附体而继续向生命们宣战吗?

月亮阴冷地拉下了面纱,发泄着莫名的愤懑。在整个苍白、寂寞的夜中,世界被涂上了一层阴暗的色彩。

死寂。冷漠。也许这就是宇宙的原样。

也丽逃脱了这一场灾难。它从一片胡杨林中走了出来。它迷路了。

当它环视了一圈之后,清楚地发现,离它四十米处的高坡上,有一个黑影伏在那里。经过判断,它知道了,那是它的敌人——布拉提。他死了吗?为什么他不动弹呢?

也丽想走过去看看,但它又害怕敌人是在装。终于,许是一切生物所共同具有的好奇心的驱使,也丽走到了布拉提的身旁。

布拉提没有死,他只是暂时昏迷。肯定是缺少水!也丽想。那个小湖离这儿至少也有一百多米。救不救他?也丽犹豫着……它想起了刚才那渐渐低垂的枪口,想起了他掩埋小火狐尸体的情景,它终于决定搭救布拉提了。

也丽这才发觉它们正处于一个大沙丘之顶,而沙丘的底下，就是那个小湖，因此也丽可以将布拉提沿斜坡拖下去。

于是也丽迅速地行动起来……终于，也丽几乎是费尽了全身力气，把布拉提拖到了湖边，并且将布拉提的半个脸浸在水里，让他吸取必要的水分。尔后，它才躲进了旁边的一大片胡杨林中，期待着黎明的到来……

布拉提渐渐醒了。他的嘴唇动了几下，触到了一阵甜润。他把眼睛睁开一条缝，猛然发现自己躺在水边，于是他大口大口地喝了起来。一顿牛饮之后，他翻过身来，而呈现在他面前的景象使他呆住了！

这时候早晨的太阳刚刚升起，四周是一片血红的苍茫和寂寥。也丽——那只母火狐正对着刚升起的太阳，像朝圣似的，亢奋并且愤怒地带着无限怨哀地长嗥着。拖长的声调在半空中轰鸣和回响。那声音似乎是在发泄着什么郁积了很久的愤懑，又像

是在倾诉着狐类多少世纪以来所受到的种种磨难和坎坷……太阳也仿佛听懂了它的话语，用血一样的光芒，给这个沉寂的大漠抹上了一层血淋淋的恐怖……

顿时，一种恐惧和寂寞在布拉提心中漫延开来。他感到了惶恐、焦虑和不安，一种原始的沉重与积淀已久的痛苦重新涌上心头……这时，他又想起了儿子那种企望的眼神，猛的，他从身上取下枪，这时正是一个最好的机会！

呼的一声，对面的一个美丽的影子倒下去了。惶恐和不安也立时消失。布拉提无比兴奋地跳了起来，但又跌倒了。突然他想起了什么：我怎么到了这个地方？我记得清清楚楚，倒下去时，自己是在一片沙地中啊？

当他的视线扫到了从对面那个大沙丘上拖下来的痕迹时，呆了半晌，终于明白了——是火狐也

这时候早晨的太阳刚刚升起，四周是一片血红的苍茫和寂寥。也丽——那只母火狐正对着刚升起的太阳，像朝圣似的，亢奋并且愤怒地带着无限怨哀地长噑着。拖长的声调在半空中轰鸣和回响。那声音似乎是在发泄着什么郁积了很久的愤懑，又像是在倾诉着狐类多少世纪以来所受到的种种磨难和坎坷……

丽救了他的命！是也丽把他从死亡的臂弯里拽了出来！

他发疯似的"哎"了一声，慌乱地跌撞着跑到了也丽倒下去的地方，一把抱起了也丽。但那个漂亮的眼对穿却告诉了他这个悲惨的结局。他大声地诅咒着自己的枪法！然而一切都晚了！

茫然？惆怅？痛苦？他不知心中是什么滋味……之后，他把也丽的尸体连同那只猎枪放在一起，用胡杨枯枝燃起了一堆火……

忽然，随着烟柱的升腾，一大群阿库洛鸟飞了起来，围绕着这被太阳涂上了血色的孤烟，长久地哀鸣着，声调凄厉而苍茫，古朴而悠远……袅袅上升的垂直的烟柱似乎是在默哀，又似乎是一个浸满了鲜血的巨大的感叹号，宣示着一个循环的中断。

太阳的光芒依然惨淡、血红。光束把布拉提凝固的身影一点点地缩短，缩短，成为一个点……

母狼布兰基

漂 流 岛

一

云彩抹去了最后一缕阳光,尤里疑惑地抱着一棵长相怪异的枞树,和他心爱的狗杰西,朝越来越远的河岸大声地呼喊着。然而,冰块般坚硬寒冷的风把他的呼喊声碰得粉碎,谁也没有能够听见,他悲哀极了。

十分钟以前,十六岁的尤里和两岁杰西坐在勒拿河左岸的泥地上寻找蜗牛,突然之间,一大块河岸——具体说有一百平方米大小的、长有树木花草的河岸,被一股强劲的水流带走了,如今已被冲上了茫茫的拉普捷夫海上。大海在乌云的覆盖下泛着阴沉的波涛,谁都没有注意到到底发生了什么。杰西依旧耷拉着耳朵,呼哧呼哧地喘着气,望着越来越远的海岸发呆,时而狂吠一通,表示着自己的愤怒和迷惑不解。

它和尤里都不知道,他们的处境是多么险恶——他们碰巧待在漂流岛上了。如今正是七月天气,好久都未曾下雨的西伯利亚勒拿河地区突然下起了连日的暴雨,因此,部分河岸被切割形成漂流岛,而岛上原有的树木、灌木丛、花草,它们的盘根错节使"小岛"很牢固。漂流岛之所以不会分崩离析,是由于岛的表层总是黑色的泥炭土壤。

如果继续这样漂流下去,尤里知道,他和杰西都不会有好结果。他急得直流泪。终于,他下了决心,拍了拍他忠实的杰西,准备死里逃生了。

他奋然地跃进了冰冷的海水,开始用力向海岸游去。杰西也拼命划动四肢,与主人保持着两米的距离向海岸游去。冰冷的海水推搡着他们,他们上下漂荡,仍使劲向前划呀,游呀,不丧失一点儿勇气。浪头高高地砸下来。忽而把他们像砸木桩一样砸入水中,忽而又像荡秋千一样把他和杰西高高地抛出了水面。尤里感到体内充盈着力量,他舒展双臂、毫不理会海水和风浪的强劲,凭着心中求生的信念,朝前游啊,游啊。

猛然,他感到水中有什么异常的动静。他扎入水下,呀,竟是两只大白鲨,凶狠地向他冲来!他惊惧万分,一下子呛了口水,手忙脚乱起来,身体直往下沉。一只白鲨瞪着恶毒的眼睛,张开了生满整齐的匕首般的两圈长牙的大嘴,狠狠地朝他拦腰咬来。

一排巨浪喧哗着冲了过来。尤里凭借着水势向前一跃,躲过了这致命的扑击。

只听见鲨鱼的上下牙嘎嘣相碰的声音。尤里忙又换了口气,继续潜入水中,同鲨鱼周旋。这绝对是一场惊心动魄的决战!另一头鲨鱼也悄然地潜了过来,从背后向他扑来,他于两头鲨鱼逼近的一霎,像泥鳅一样往水中一钻,两头鲨鱼轰然在水中相撞,几只鲦鱼立刻被震得翻了白肚皮。他想,这下可完了,如果鲨鱼再进行一次捕杀围剿,那自己和杰西必死无疑。

恼羞成怒的鲨鱼又一次扑了过来,他惊恐地奋力向前游去,但已感到精疲力竭了。

忽然,有一个什么东西把他顶出了海面,惊喜之余,他定睛看去,竟是一头海豚!谢天谢地,他

心中暗自松了口气,这才发觉竟有四头海豚赶来救他,其中两头海豚竭力把他和杰西顶出海面,另外两头转身同鲨鱼进行着英勇的搏斗。

尤里长长地吁了口气,他感到累极了。他发现,海豚并没有把他和杰西送上海岸,而是又重新送上了那个漂流岛。他和杰西趴在岛上,大口地喘着气,不知道迎接他们的将会是什么。

二

第二天早晨,阳光突然从乌云深处倾泻出来,天气由阴转晴了。

尤里从睡梦中醒了。他站起来,活动活动身子,打了几个长呵欠,又伸了伸懒腰,待把所有的睡意都赶走了之后,他这才发现,自己的肚子饿得咕咕叫。杰西在他醒来之前就在漂流岛上撒了一阵欢——它好像对自身所处的困境泰然处之。这时，它见主人醒过来，站在一棵红松下向远方眺望，就摇着尾巴跑过来，亲昵地蹭着尤里的裤腿。

尤里是多么爱他的这条狗啊。两年前的一个春天的夜晚，当时正下着雨，那时尤里还是八年级的学生，晚上从学校往家走的时候，在大街边看见了它。它那时刚出生不久，又瘦又小，在雨中一边呜咽，一边哆嗦着寻找安身之地。尤里被感动了，就把没爹没娘的杰西领回了家，慢慢地就把杰西养大了。他还靠着爸爸从勒拿河下游的雅库茨克市买回来的训练军犬用的书，利用空闲对杰西进行了艰苦的训练。如今，杰西已经掌握了许多扑击技术。如：随便尤里怎样向远处抛出一件东西，它总能迅速地追击而去，在那物体下落之前稳稳当当地用嘴咬住；它还能以最快的速度，将敌手置于死地。为了训练杰西这种本领，尤里扎了一个草人，在草人的肚膛

里放了一块带血的鲜肉,时间长了,杰西把这一招练得纯熟了。它还会匍匐前进,而且还会装死。就在去年冬天,一个从高加索山区潜逃的杀人犯,在他家的小镇上,就是被杰西生擒活捉的。当时,通缉布告贴满了全国。尤里于一个偶然的机会发现了那个逃犯,就隐蔽起来,叫杰西在罪犯出现的时候突然出击。

当时那个杀人犯吓了一跳,慌乱之中向杰西开了两枪,杰西凌空跃起,在蓝色硝烟中从半空跌下。罪犯见打中了目标,忙翻身逃跑,不料杰西一跃而起,一口咬掉了罪犯手中的枪,再反身就把罪犯扑倒在地,生擒了罪犯。为了这,政府还给杰西发了证书和一大笔奖金呢。

阳光越来越强烈,海面上空浮漾着一团团乳白色的热雾。海鸟们欢快地在空中画着弧线,发出阵阵轻松的鸣叫。

已经看不见海岸了。漂流岛依然向北方漂去,岛上的树木花草在风中摇曳,发出了好听的声响,谁也不知道等待他们的是什么。

尤里想,首先得解决饮水和吃饭问题。他取出腰上别的匕首,弄断了一棵手臂粗的长满"黑眼睛"的小桦树,用匕首削掉枝蔓,然后走到岛的边缘。

五分钟后,他瞅准一条浮出水面的金枪鱼的幽蓝色脊背,猛力一砸,那条金枪鱼应声翻过了肚皮。

他把手一挥,杰西箭一样跃入水中,擒住那条鱼,拖上岛来。这是一条七八公斤重的雄性金枪鱼,"肉一定好吃。"尤里想,"可惜的是没有火,不能吃熟的。"

他用刀把鱼肉割成条状,先取下一条扔给了杰西,再取下一条,犹豫了一下,就放进了嘴里。

鱼肉浓腥,还带着一丝甜味。他感到自己的肠

胃激烈地蠕动着,就顾不上由胃底泛上来的恶心,勉强地咽了下去。

他和杰西各吃了四条鱼肉,感觉饱了,就又将剩下的鱼肉一条条取下来,放入海水里洗净了,又去扯了些红松枝,将鱼肉裹了,存放起来,准备下一顿再吃。

平静了一下心绪,他放眼望去:海幽深湛蓝,将阳光反射成千万片破碎的镜子,闪闪烁烁。海风腥咸、温热而又潮湿。看来漂流岛一直往北漂着,他明显地感到温度降低了。他多么盼望能有条船从近旁经过,那样他和杰西就会得救。

他放眼望去,环视一周,海面上没有一片帆影。总会有的,他想。

突然一阵渴意涌来,喉咙干燥,鱼腥味儿从胃底泛上来令他恶心。他起身,走到草丛中间,找寻着什么。

他找到了一株对瓣生长的拥有十片叶子的植物。他沿着这株草周围挖了起来。

不一会儿，一棵人头大的圆家伙露了出来。他取出匕首，将皮刮开，又刮了二十几下，刮出了一小堆渣子。他用手将那圆家伙攥住，伸出大拇指，仰着头将大拇指对准嘴巴，用力一攥，一股鲜活的水就顺大拇指流进了他嘴里——啊，好清凉！

吃饱喝足，他就开始忙着建屋了。他折了些松树枝、桦树皮及枞树枝叶，搭了一个简易的窝子。

不知不觉，天慢慢黑了下来，又一天过去了。

漂流岛还在漫无目的地一直向北漂去。他和杰西蜷进小窝，互相靠近，彼此取得暖意。起风了，而且，豆大的雨滴从天而降，砸得海面上灰蒙蒙一片。尤里忙脱掉鞋子，在海水中洗干净，放在地上接那宝贵的雨水——为了生存下去，淡水是必不可少的。

就在第四天早晨的时候,大雨之中,尤里看见了远方海面上有一艘船。他大声呼救,可是没有人能听见。船离得太远了,那船很快就消失了。中午,雨停了,天空骤然变得干干净净,清清亮亮。就在雨停后一个小时,漂流岛撞上了一座小型冰山。冰山把漂流岛给撞得支离破碎,一片吱吱嘎嘎之声中,尤里和杰西被撞得飞到了半空,而后没入海水之中……

三

随着一阵白熊的吼声,尤里和杰西方才从冰山的一处凹陷地探出脑袋。

刚才漂流岛被这座小型冰山撞得粉碎之后,尤里和杰西从海里爬上了这座小型冰山。但是,原本就待在冰山上的一只白熊发现了他们,吼叫着慢慢向他和它走来。

冰山缓慢地随着水流浮动，异常平稳，尤里发现冰山是向南去的，不禁心中暗喜。

杰西恐惧地盯着笨拙地走过来的白熊，它预感到一场激烈的战斗行将发生。那只白熊也饿得发晕了，它走起来有些头重脚轻。它眼睛里晃动着目标的影子，怒吼着走了过来。

看着渐渐逼近的白熊，尤里和杰西的脑海里掠过一道闪电。尤里的手有些颤抖，他抚摸着紧张的杰西的脊背，提醒它不要匆促出击。

白熊走到离他们两米远的地方了。他和杰西动也不动，白熊有些纳闷：难道说这两个东西是黑色的石头？它展开鼻子嗅了几嗅，因为是逆风，什么也没闻见。它疑惑地低吼了一声。这时它忽然看见杰西的眼珠转了一下。好啊，还想蒙我？它向前一扑，一爪向前抓去。只听咔嚓一声，立时冰碴四起，溅了尤里一脸，他忙一拍杰西，杰西狂吠一声，猛

扑出去,一口咬在了白熊的喉咙上。白熊低吼一声,像一个炸雷响在咫尺,尤里忙滚开去,与此同时,白熊已将杰西抓住,两臂一张,就要将杰西撕成两半。

尤里见情势危急,又忙一个滚翻,滚到白熊近前,拔出匕首,一刀刺进了白熊的下腹。白熊惨叫一声,扔开杰西,向尤里扑来。尤里躲避不及,被白熊抓住了左臂,连皮带肉被抓去了一块。与此同时,尤里右手的匕首也扎进了白熊的胸膛。他咬着牙猛一用力,向下一拉,把白熊开了个满膛!

白熊蠕动着挣扎了一会儿,才顺着滑溜的冰面,缓缓地滑入了大海。在它身后,拖出了一条长长的血痕。

尤里长长地出了口气。过了许久,他才从惊魂未定中平静下来。他来到了同样受了伤的杰西身边。杰西的样子真可怜!他撕下几条衬衫布,给杰西包扎伤口。过了一会儿,杰西慢慢缓了过来,它动情地舔着主人的手。

就在这时,海面上又起风了。风很凉,把海浪卷起,又掷下。尤里裹紧衣服,抱着杰西躲到一个低凹处。

慢慢地,风停了,黄昏又一次降临了。

四

第五天上午,又冷又饿而且伤势很重的尤里醒了过来。耀眼的阳光在他的眼前晃动,他感到灼疼。而且,伤口由于海风的吹打,已开始溃烂了。他觉得饿极了。死亡的阴影像一只黑色的大鸟一样在他脑海中隐现。他呼哧呼哧喘着粗气,一动不动地躺在冰山上。

冰山依旧无声地向前漂去。杰西依旧充满希望地趴在冰面上,眺望着远方苍茫的海面。

　　下午的时候,有一只疲惫的海鸟落在了冰山上,这只鸟儿好像受了伤,本来洁白的羽毛也变脏了,眼睛里浮动着游移和灰暗。

　　这只鸟来得太及时了,尤里的眼睛一眨不眨地盯着它,内心里充满了要吃掉什么的欲望。他一动不动地看着这个孤独的远行者,许久许久,他的眼角忽然渗出了两行清亮的泪水。他想:"我跟这只鸟儿不是一样的命运吗?瞧它那可怜的样子,它一定失去了家园,看上去也再没有起飞的力气了。可这冰山会将我们带到哪里?难道迎接我和杰西的,一定是死亡吗?"

　　杰西在窥视了那只鸟足足有五分钟之后,再也按捺不住了,它吠叫了一声,就朝那只鸟扑了过去。

　　就在杰西要抓住鸟儿的一霎,那只鸟儿轻灵地展翅飞起,优美地飞了起来,继而拍动着双翅,无声地隐入了灰暗的天空。

第六天的中午，天空又布满了乌云。

杰西此时的眼睛里正放出异样的光泽。尤里偶然瞥见了它的目光。这是一种兽性的目光。尤里隐隐地感到了害怕。有一个信号不停地冲击着尤里的脑海：杀死杰西，吃掉杰西活下去！可是记忆之中杰西带给他的美好的往事又不时在他脑海中浮现。

杰西慢慢地站了起来。它的目光依旧可怖，它直勾勾地看着尤里。

尤里感到一种恐惧涌上了他的心头，他也慢慢地爬了起来，从靴子中悄悄拔出了那把匕首。

两个生灵慢慢地靠近了。

他和它都感到了对方的心脏怦怦跳动的声音。

突然，尤里迅疾探出左臂，一把抱住了杰西。杰西惊叫了一声，突然伸出舌头热烈地充满依恋地舔起了尤里的脸！

他的匕首滑到了冰面上。他紧紧抱住了杰西，

悔恨的泪水夺眶而出！他心中响着一个声音："不！我永远也不杀你，我的杰西！"

两个孤独的生命在大海的冰山上紧紧地拥抱了。

人和动物之间友好的亲情战胜了那原始的兽性！

就在他和杰西热烈地生死相依地拥抱着的时候，天空中传来了直升机引擎的轰响。很快，飞机就飞临了他们的头顶，而且，从机舱中探出脑袋的正是尤里的父亲。他俯视着他们，惊喜地大声喊着："尤里，我的好儿子！坚持住！你已经长大了，我的男子汉！我这就下来……"

母狼布兰基

月光像水银一样洒在地上,似乎在慢慢流动。空气异常清洌,带着一丝甘薯般的甜气,沁人心脾。时而有一种怪异的鸟鸣,阴沉地掠过这片红松和白桦混合林,随后就像烟一样,缓缓地融进了幽暗浓密的夜幕中。

在安德烈看来,所有的树木和花草都是有生命的,只不过它们没有双腿,不会移动罢了。安德烈有听懂植物说话的特异功能,他知道它们白天都在

保持着沉默，而在夜晚，它们就要开口讲话了。那迎合着风发出的各种声音，都是它们在说话。

现在，安德烈踩着吱吱作响的、松软而又肥沃的泥土，睁大眼睛，谨慎地扫视林子周围的景物，悄悄向山上爬去。

夜里，那些花草树木的阴影，在他看来总带着些敌视态度。虽然他只有十四岁，但他知道，它们并不欢迎每一个自认为是山林主人的人，来屠杀它们的兄弟，来砍断它们的姐妹们那有着美丽舞姿的年轻腰肢。此时，他的耳朵特别敏感，能把周围的一切响动都辨识得清清楚楚。

例如，他听到一棵山毛榉和一棵红松正在讨论水土流失和大气污染，一棵山楂树偏着脑袋，低声对几株金盏草诉说它亲眼见过的一场由人的疏忽而引起的森林火灾，是多么的可怕。而每当听到这些，他的心就禁不住打一阵小鼓，下意识地握紧了手中的猎枪。

去年夏天放暑假,父亲带他去打过狼,因为这个季节狼皮特别好,十分光滑。父亲对他说,你已经十四岁了,该亲自打只狼了,那样才算个男子汉呢。

为了这句话,他整整憋了三个月的劲儿。这年春天像光影一样一晃而过,转眼之间,暑假就来了。他一直想趁着这个机会,显示一下自己的勇气。他还准备把打的狼皮,带到远在二百公里之外的、他上学读书的拉蒙诺市去,他是那儿的寄住生。那儿所有的老师,都在给他灌输"文明"的东西,而在国家林场工作的爸爸,总是鼓励他干一些老师们不敢想象的事儿,尤其是打猎,更何况是亲自打狼,打凶狠而又残忍的狼。

他一脚踩断了一截枯树枝,脚下的枯枝发出了

痛苦而又干脆的声响。在他左边立着的一棵老臭椿树上,呼啦啦惊飞起几只鸟儿。

安德烈的肩膀感到了鸟扇动翅膀拂动的空气。他悄悄蹲了下来,等鸟声渐渐消失在远方的山谷中,才继续赶路。

三天前他出来采蘑菇的时候,意外地发现了一座狼穴,而且,他亲眼看见一只美丽的母黄狼叼着一只狼崽儿,从洞中跑出来溜达。因此,为了这个发现,他整整准备了三天,紧张而又兴奋。他想趁夜幕的掩护,把这一窝狼连锅端了。他没把这事告诉父亲。他要给父亲一个惊喜。

接下去便是走过一条崎岖的、一百余米的山道,就到目的地了。借着月光,他又将鹿皮鞋带系了系,他不想在这方面出差错。远处,隐隐地传来山涧哗啦的流动声。他舔了舔嘴唇,回忆起了他曾喝过的山泉水,那泉水清凉甜润,泉水的地点应该不远。

夜色中，群山分外幽静。那逶迤的庞伟山体，仿佛是一个个酣睡正浓的壮汉，而一阵林涛声，就好像它们在打呼噜。

就这样，安德烈小心翼翼地绕过怪石，穿过荆棘丛，越过一道沟堑，接近了狼穴。他把身子藏在一块峭石之后，把枪瞄准十米开外那座黑幽幽的狼穴。他的心也随即紧张地跳动起来，胸脯急促地起伏。

好在是迎风，这样狼就闻不到他的气味了。月下，狼穴幽深寂静，仿佛一只瞎了的眼睛，怪吓人的。"该是长志气的时候了，小伙子！"他给自己打气，做了几个深呼吸。他屏气凝神，伏下身子瞄准目标。万一一下子跑出来几只老狼怎么办？自己有能力对付吗？就在两星期前的一天晚上，几只狼把安德里耶大叔的一头牛撕扯得稀烂。想到这儿，他打了一个冷战，从脚底泛出了一股寒气。

他有点儿害怕了。

"但是,是时候了,小伙子!"他对自己说,"不能再犹豫了。"他拼命给自己鼓劲儿,猛地按亮手电筒。刺眼的光柱笔直地射向狼穴。狼穴内一阵骚动,他的手紧扣扳机,只待狼逃出洞口的一霎就立即开枪。但是狼穴内很快又静了下来。安德烈的眼睛清晰地看到,洞穴里居然有四只刚满月的狼崽儿!

他迅疾扑到洞口,看见灯光下,那四肢胖乎乎的小狼崽儿显得稚气天真,身上还带着褪了一半的黑毛,半褐半黑,圆溜溜的,煞是可爱。

要把这几只可爱的小狼崽儿打死吗?不!不能。自己下不了手。可那只老狼跑到哪去了呢?

早晨起来,安德烈洗漱完毕,走出房门,正迎上刺过来的阳光,他长长地伸了一个懒腰。"喂,安德烈,昨天晚上你去哪儿了?整整出去了两个小时。"父亲一边劈着柴,一边问。

嘿!爸爸的耳朵真尖!他迟疑了一下,答道:"我……发现了一窝松鸡,想趁着夜晚把它们连锅端了。"

"是吗?如果碰上狼,就有好戏看喽!记得我曾跟你说过的话吗?十四岁了,该一个人打只狼了,这样才算男子汉。对了,吃过饭,你去北坡看看,我在那儿下了捕狼机,兴许还捕上了呢,抓个活的,用网罩住背回来。"

这个时候,阳光已十分强烈,空气仿佛凝固了一般,没有一丝动静。安德烈像头活泼的小鹿,连蹦带跳地去看捕狼机。树林中雾气蒸腾,鸟语花香,十分清新。

安德烈知道,北坡那儿有一条狼道。狼走路的时候,总是留下气味,作为自己的标志和界限,向

别的狼发出警告,以示提醒。

转过一片树林,就是北坡了,就在安德烈的目光投过去的一霎,一只身材高大的狼映入眼底!

这的确是一只地道的西伯利亚狼,前腿粗壮、修长而有力,后腿坚实,胸膛宽大,额头坚挺,一对直立的耳朵,一双阴冷的眼睛向外喷射着血腥、愤怒、凶狠!

安德烈感到一股热血直冲头顶,脑袋嗡嗡涨大。定了定神,他单腿跪下,举起枪瞄准狼的眼睛,就要开枪射击。

在骤然而至的死亡面前,母狼显得傲岸而又凛然。它挺胸而立,双眼喷射出漠然的、对人类不屑一顾的目光,看着安德烈。四架钢制的、粗壮结实、重达二十八公斤的捕狼机,牢牢地夹住了它的三条腿。它仰首而立,亢声高诉,声波从它的喉咙里缓缓涌出,仿佛在呼喊同类,又像是表示对自己命运的抗议。仿佛是古铜色的声波,在空中慢慢扩展开来,碰上高大的树木,被撞击、振荡成一片苍凉的回声,长久不绝……忽然,一阵草叶的沙沙响动,是什么来了,难道是几只凶狠的老狼?

安德烈感到有些心慌意乱。他的手略略有些颤抖,以至于不能马上扣动扳机将那只母狼击毙。

随着母狼的一声充满悲情的嚎叫,安德烈定神看去,却见是四只褐色小狼崽儿,急巴巴地扑向了它们的母亲——那只垂首待毙的老狼。

安德烈手中的枪缓缓垂了下来。四只小狼崽儿扑到了它们母亲的怀里,寻找着奶头,唖唖地吃起来。母狼伏下身子,面容慈祥、从容,目光警惕地打量着安德烈,唯恐他心起杀机,它在护卫自己的几个小宝贝。

这一幅相依为命的情景,使得安德烈黯然神伤。三年前,他的妈妈跟父亲离了婚,到很远的列宁格

勒了。他也从此失去了母爱。那温馨甜蜜的母爱，如今对他来说只能是一段记忆，一段美好的记忆。

他眼前又映出妈妈那慈祥的面容，一块儿嬉戏的场景，这一切在他胸中迭现、翻卷，仿佛一朵朵黄色的落花在河水中沉浮。他难受极了。

瞬间，他决定，放了那只母狼。于是，安德烈取出一张大网，趁母狼不注意，猛然撒出手，兜住母狼的身体，把狼崽和它们的妈妈分开，快速把网系在旁边的树上，拿出小铁铲，用最快的速度，挖出捕狼机，然后娴熟地打开它们。最后，松开网，让那只母狼跳出来。

母狼跳出了网，显得有些迟疑，它望着十几米外举枪站立的安德烈，一人一狼，对峙着。许久，它带着它的欢快的孩子们，离开了。

"笨蛋！连只上钩的狼都抓不住，简直是笨蛋一个。我看你永远也别想当个男子汉了。哼,看你还好意思吹,你吃过上百种山味呢。"父亲半真半假地训斥他。

安德烈也没有争辩。之后的一些日子,安德烈出去玩儿,或打猎的时候,总是顺便到那座狼穴去看看。而那只母狼,似乎已经认识他了,也总是站在离他二十步远的地方,看着他,目光变得柔和,一反以往的森冷。他有时也往狼穴那儿,扔一两只他刚打的野兔或是松鸡什么的,慰劳那四只小家伙,每当这时,在山林里,那只母狼总是仰天发出一阵感激的长嚎。

安德烈给那只母狼起了个名字叫布兰基。后来,安德里耶大叔说,母狼布兰基原来是一只母狗,被一只公狼带走了,逐渐有了狼性。它的丈夫,是一只身体特别高大的狼王,在猎捕山羊的时候,被猎人帕拉杰诺夫给开枪打死了。因此,本来的一群狼,

也就散伙了，只剩下布兰基带着四个狼崽儿，独自过活。

于是，安德烈对它们一家的遭遇，充满了同情。

一转眼，暑假就快要结束了。这一天中午，吃过饭，安德烈兴冲冲地奔向狼穴，他又有几天没看它们了，他要向它们道别，明天他就要乘汽车去拉蒙诺上学了。

已经是八月底了，天气凉爽，早秋的征兆已显露出来。天空上布满了绵羊一样缓缓走动着的白云，林涛如歌。在此之前，安德烈费了好大的劲，说服了国家林场里父亲的同事，叫他们对老狼布兰基一家一定要手下留情。大家都笑着答应了，而安德烈的慈善心肠也被大家当作笑谈，传出很远很远。

现在，安德烈一边哼着在学校学的《勒拿河船歌》，一边欣赏着周围的景色，朝狼穴走去。转过一个山坳，突然，脚下扑腾一声响，一架捕狼机倏然间从地底下冒出来,咬住了他的左脚踝。他疼得叫了起来,但不敢随便移动脚步,就势蹲了下来,周围一定还有很多架捕狼机,正藏在土底下伺机而出呢。

他小心地站起来,向右迈出一步。哪知刚一落脚,又是扑嗒一声,一只钢爪抓住了他的脚掌,两只脚都被夹住了,他站立不稳跌倒在地。立刻,又有一架捕狼机从土里伸出魔爪,牢牢地抓住了他的右臂——他被固定在地上,动不了了。

"完了。"他想,"真倒霉,自己这么大意,竟走进捕狼机群里了。"他知道自己走进按"井"字形埋布的捕狼机群中,三只钢家伙牢牢地把他固定在地面上,他动弹不得。他转头看周围的一切,自己被困在一条狼道上了。这条路是很少有人走的,如果到了晚上还没被人发现的话,自己肯定会被狼吃掉。

他躺在那里大声喊着:"救命啊!救命!"声音在山谷间回荡,回荡,消失在雾霭之中。喊也没用,这一片很少有人来。而设置捕狼机的主人,不一定哪天才能来看一下。他难过地躺在地上,闭上眼睛,想象着自己被狼群撕扯的情形。

不知过了多久,他又睁开眼睛,黄昏降临了。此时的太阳,金灿灿地悬在西边天上,放射着红光,云彩被渲染得一片绚丽。他已被困五个多小时了。

他躺在那里又渴又饿。他期待着奇迹,可是,谁会在这个时候在这条路上行走呢?他想念爸爸、妈妈,自己可能再也见不到他们了。想着想着,鼻涕眼泪流了一脸。

倏然间,他听到一阵窸窸窣窣的声响。他侧头看去,见是一只棕熊,正一摇一晃地从大树后面朝他这个方向走过来。他知道,自己是凶多吉少了。他又猛然想到,熊是不吃死人的。他忙屏住呼吸,

安德烈手中的枪缓缓垂了下来，四只小狼崽儿扑到了它们母亲的怀里，寻找着奶头，咂咂地吃起来，母狼伏下身子，面容慈祥、从容，目光警惕地打量着安德烈，唯恐他心起杀机，它在护卫自己的几个小宝贝。

将眼睛留一条缝，一动不动。

那只庞大的棕熊，呼哧呼哧喘着粗气，走到他身边，低头嗅了嗅，用爪子抓了抓安德烈的前胸。这一抓，安德烈感到胸前一阵剧痛，他大叫了一声，睁开眼睛，那头棕熊吓得退后几步，接着大吼一声，朝他扑来。

就在此时，一只褐色的、矫健的黑影从一片雾霭中跃出，在空中划过一道弧线。

是母狼布兰基！安德烈心头一阵狂喜。布兰基和棕熊展开了搏战，布兰基的体积和那只发怒了的棕熊相比显然相差悬殊，但布兰基毫不畏惧，前跃后扑，与棕熊拼死搏斗。

安德烈睁大了眼睛，目睹着这场搏斗。见布兰基边战边退，棕熊怒吼着跟踪而去。渐渐地，它们的身影消失在黑暗中。

过了好久，布兰基跑回到安德烈身边。它目光

柔和地看着安德烈，随即绕着被捕狼机固定住的安德烈走了两圈，低下头一边嗅一边用前爪挖了起来。没多长时间，三架钢制捕狼机就从土地中显露出来。可安德烈的胳臂和脚都被夹住，无法解开捕狼机。

他们对视了一会儿，布兰基仰了仰头，长嗥了一阵，跑开了。

安德烈嚷着："布兰基，不要走！别离开我！"

而布兰基早已消失在夜幕中。四周又恢复了寂静，无边的黑暗、无边的恐惧向安德烈袭来。

"噢！布兰基！"安德烈惊叫，布兰基又回来了。它低下头用嘴咬住安德烈的衣角，往前拖。安德烈明白了，他用头示意方向，布兰基吃力地把他朝他家方向拖去。就这样反反复复，停停拖拖，布兰基带着他连同那几十公斤重的捕狼机，越过森林、草地，走过羊肠小道，蹚过溪水。

终于，渐渐地接近安德烈的家了。这时，已是月上中天了。

　　父亲罗杰斯特文斯基忽然听到一阵狂烈的狼吠。有狼!他从被子里钻出来,匆匆穿好衣服,拿上手电筒和枪,走出门。夜色一片朦胧,一阵阵狼吠也近在咫尺。他拧亮手电。不好!他心头一紧。三十步开外,一只灰褐色的大狼,闪着一双幽绿的眼睛,旁边躺着一个人!

　　"爸爸!"安德烈欣喜地喊了一声。

　　"孩子,别动!"罗杰斯特文斯基紧张地喊道。

　　"不,不,别开枪……"安德烈的话音未落,枪已经响了。月光的映照下,安德烈看得非常清楚,母狼布兰基的头上骤然间开了一朵暗红色的大花,它身体一歪,缓缓地倒在了安德烈身边。它望着安德烈,眼神中充满着疑惑、哀怨、不解、恐惧……

　　父亲提着枪冲过来,看到了安德烈胳臂和脚上的捕狼机的钢爪,他明白了。

"爸爸，它不是狼，不是狼啊！"

此刻，时间静止了，呼吸也凝固了。母狼布兰基四肢抽搐了几下，缓缓地合上了眼睛。暗红色的血渐渐浸湿了安德烈的衣袖，他和父亲都觉得十分悲伤。

走出冰雪大森林

一

他慢慢地醒过来了,麦芒般的冬日阳光刺得他的眼睛跟掺了沙子一样疼。他发觉自己躺在一根大木头下面,那根木头死死地压着他的左腿,左腿跟灌了铅一样沉重,他感到全身的血似乎都凝固了。他慢慢坐起来,挣扎着挪开那根木头,用尽力气尝试爬起来,这才弄明白:窝棚在昨天夜里被大雪给

母狼布兰基

压塌了。这时他忽然感觉到后脑部抽筋一样疼了几下,用手摸去,抓下来的是一块冰血混成的血痂,紫黑紫黑的,他仿佛嗅到一股很浓重的腥气。他把痂凑近嘴边,舔了舔。他记得昨晚上他倚着窝棚的门边睡,半夜里轰隆一声,他的后脑上遭到重重的一击以后就什么也不知道了。他茫然地看着眼前的窝棚废墟,猛然想起一同来淘金的朱大头、二子、黑皮,他们还在倒塌的窝棚底下呢。他大吼一声,用力地扒着倒塌的木头架子……

现在,朱大头、二子和黑皮的尸体都给挖出来了。他把他们拖到窝棚废墟的木头架子上,心中蓦地涌上来一阵恶心,一阵悲痛,一阵凄凉。朱大头硕大的头颅再也不会在他的皮大衣里面机警地转动,向他们几个发出注意哈熊的警告了——他四十八岁的大脑袋血肉模糊一片。还有十七岁的二子、二十四岁的黑皮,现在安静得跟从来没活过似的。他们再也不会为抓小鸟而吵架，为谁先进矿洞而打架了。再也不会了。他的眼睛变模糊了，他用力抹去那些晶亮晶亮的泪水，把剩下的不多的煤油均匀地泼洒到木架子上，用火点燃。他脸上纵横的皱纹里堆满了生活的劳顿和艰辛，烟熏得他大声地咳嗽着。他眯着眼睛，看着三个伙伴缓缓地化作一缕缕青黑的浓烟上升到无比灿烂的天空之中。

干完了这一切，他转过脸来，立刻，白花花的冰凉的雪花扑面而来，他知道，大雪封山了，而活着的他将面临着能否走出冰雪大森林的生死考验。强烈的阳光照射下，他像一截黑木头一样站了好久，从怀中取出一个羊皮缝制的小口袋，用力地掂量了一下，沉甸甸的金子。他苦笑了一下，然后，他又抬起头看看天，辨清了东南西北，裹了裹皮大衣，把棉帽的护耳扯下来，就大步地向一片深不可测的顶梢覆盖着厚厚的大雪的红松林走去，身影孤单而

又倔强。

二

谁也弄不清楚这条长达一千多公里的阿尔泰山脉底下到底埋藏着多少条金脉和多少个血泪的秘密。总之，自从金子成为人们流通和交换的货币开始，这条绵亘于中亚大陆之上阿尔泰山脉的沟壑里就一直晃动着人的顽强的身影。为了金子，闪闪发光的能给人们带来富贵和幸福的金子，所有敢于冒险的人都从春天刚融雪的土地上走进阿尔泰山的怀抱中了，而又在深秋大雪封山之前下山，七八个月的艰辛劳动，使他们大都能获得或多或少的金子。这些冒险者是盲流来的内地农民、逃犯、二流子、弃职企求发财者、夏天放牧冬天淘金的"两栖人"，等等，形形色色做着如同金子一样闪烁的"黄金梦"的人们。他们在这一千多公里的山脉中挖掘、殴斗、求生,演出着许多壮烈的戏剧。"阿尔泰"是突厥语,意为"金子",阿尔泰山就是金山的意思。然而现在,十月底的天气,寒流就开始从西伯利亚大举入侵,在昨天,一场意外浩大的雪将整个大山给封死了,活着的人都面临着考验。

三

现在他从一丛浓密的灌木后探出头来。他饿极了。他已经出山两天了,现在只觉得眼前白花花一片,他想,千万别得了雪盲,否则可真是走不出去了,那可真一辈子和这鬼山相伴了。他颤抖着从背上取下一个简易蓝布碎花包袱,那还是临走时老婆为他准备的,里面仅存一袋炒面了,他把它取了出来。接连两天都是吃这玩意儿,就着雪吃炒面,吃得他响屁连天。炒面就快没了,他一边吃一边琢磨着:"还能对付一天吧。而我走出去需要十天左右,

怎么办?"他的嘴里咯吱咯吱地嚼着炒面,不时从地下抄起一把雪塞进嘴里咀嚼。日头沉沉地向西偏去,现在已是下午了。昨天夜里他在一棵老胡杨树的树洞里睡了一夜,早晨起来时手脚都冻僵了,现在他感到脚上又疼又痒,还有脸上和手上,到处是肿块,又红又痒的,忍不住搔一下,一会儿又痛得钻心。浑身都生了冻疮,他想:"可我还要走一星期的路。"他又抬头看天,天空中阴郁的云朵在缓慢地走着,暧昧不明的阳光灰白迷蒙,整个大森林一片死寂。从周围一些大树的树梢望开去,可以看见他前天待的那座山脚的顶峰,那座山峰戴着一顶白雪王冠,冷漠地向天空辐射着傲然。他想:"我从那边翻山走到这里用了整整两天时间。"他又想起了朱大头,朱大头过去是个司机,1984年辞职不干搞起了买卖,三年后又像疯子一样去淘金了,先是在玛纳斯河、屯子河淘沙金,而后与他相遇了,刚好又碰上内地盲流来的二子和黑皮,四个人就成了一帮。想到这里,他下意识地摸了摸怀里那沉甸甸的山金,这可是咱大伙儿的命根子啊。"回去把它们兑换成钞票,给朱大头老婆三分之一吧,朱大头有四个孩子,日子过得艰难得很。二子和黑皮的地址我也记下来了,我把钱给他们内地亲人寄去。"想到这儿,他眼前又浮现出二子和黑皮两个年轻人的活生生的面孔。"老天爷不长眼!"他恨恨地想。他收拾好包裹,重新背到身上。"干嘛叫年轻人死在我们这帮老骨头前头?!让白发人为黑发人送丧,不公平啊!"他摇晃着向前迈出了脚步。他的脚踩在厚实的积雪上面,摩擦着发出吱吱的响声。周围被大雪覆盖的林子好静啊,白桦、红松、杉树、胡杨……所有的树木簇拥在一起,像生死与共的兄弟,浓密的树干向天空中争取着生存的领地。"比人强!"他想,"人跟人像狗和狗抢肉一样凶狠。"

母狼布兰基

他朝雪地上呸了一口。周围慢慢地升起了一些雾霭，像轻纱一样。他继续在松林里穿行，头上不断地落下大块被他撞动树干而抖落的雪团子。雪团子在他的头上和身上砸开了花，溅到脸上、脖子上，一阵阵战栗掠过全身。"我一定得走出去，"他想，"四个人总得活着出去一个，要不太窝囊了，不能全军覆没。"脸撞在了一根横伸过来的枝杈上，撞得生疼，他愤怒地挥手打断那根枝杈，用手摸去，血汩汩地渗了出来。他在密密的松林间穿行，在他的脑子里回旋的只有一个声音：走出山林！活着出去！他的脑海里又跳出自己十九岁的儿子小东的面孔："这个不争气的家伙，学习不用心，连大学都考不上，整天就跟那帮小混子在一块儿混，'人叫不听，鬼喊飞跑'，这次回去，非好好教育不可，让他学学正道，要不我李家的根子算是断了，毁了……"眼前出现一片开阔地，哗哗的水响蓦地扑进他的耳鼓。他走出了这片林子,发觉面前是一条流着冰块子的河。河看上去不算深,有一些大块的石头从河水中耸起身,上面覆盖着一层厚厚的雪。"我得过河,"他想,"我得一直朝东南方向走。"他想着,脚已经迈出,他像敏捷的羚羊一样灵活地在河中石头之间跳跃着,连跳了七八下,自己觉得仿佛也找到了些活力。眼看只剩下最后一块了,他正松神的时候,脚下一滑,一个趔趄跪在了冰冷刺骨的水里。水很浅,才到膝盖。他大声咒骂着,站起来,赶忙跳到岸上,水已经渗入了他的棉裤和大头鞋,又湿又冷难受极了。他跺了跺脚,让身上的水花子掉在地上,就又一头扎进了林子。

四

一步一步地跋涉着,他感觉自己每跨出一步就离坟墓远了一点。但是,人越来越乏了。

在下一个雪坡的时候，他不小心被一根埋在地下的野藤给绊住了，一头栽在地上，向坡下滚去。他的身体借着惯性向下滚着，终于，他慢慢地爬了起来，这时他已从几十米长的山坡上滚到了沟底。到等他确确实实站定之后，他惊呆了！

在他面前，有一只精瘦的黑熊，正冷漠地盯着他！他和它相距四五米远，黑熊阴冷的目光有些诧异地盯着这个不速之客，他立刻被一种恐惧给抓住了。他和它足足对视了十秒钟，然后，他才明白了什么，而这时，黑熊已经走到他跟前，摇晃着举起前爪向他扑击过来。慌乱之中，他伸出左臂阻挡，熊爪刺啦撕开了他厚厚的皮大衣，抓破了他的血肉。他疼得大叫一声，一头撞在黑熊肚子上，熊仰面倒了，他开始疯狂地奔跑起来，巨大而又细密的汗珠子从他的额头上渗出来，流进他的眼睛，蜇得生疼。他呼哧呼哧跑着，而他也可以听到那只黑熊在他身后追他的声音。他跑得累极了，猛地撞在了一棵大树上，脑袋里嗡嗡一片声音，眼前金光飞舞。"啊，我怎么了？"他想，"我死了吗？不，不，我不能死，我怎么了？……"他又听到黑熊逼近的腾腾的步子声了，他紧紧地抱着树干，突然，不知从哪里来了一股子勇气，他开始奋力地向这棵树上爬去。爬到三米高时，黑熊已经扑到树下，那只熊显然是发怒了，它不断地发出低沉的吼声，用力地撞着这棵大腿粗的松树。他奋力地向上爬，有次在熊的猛烈撞击下他两腿蹬空，在空中摇荡起来，但最终，他又抓住了树干，慢慢地爬到离地七八米高的半空，坐在一个树杈密集的地方，舒了口气，向下望去。

那只显然是饿得精瘦的黑熊张开幽黑的大嘴，伸长了下巴望着树上的他怒吼着，猛烈地摇撼着树

干。他微微笑了笑,接着,那只黑熊开始爬树,但是,往往爬到两三米处便掉了下去。他不再理会它,转而抬头向周围望去。四面山林一片浩茫,太阳已经向西天沉下去一半了,那些白雪冰峰如今都戴上了红帽子,夕阳深沉肃杀而又忧郁地涂抹着天空中灰黑的云朵和雪峰。"又一天结束了。"他想,"看来今夜我得在树上过夜了。"等到太阳彻底沉入天边的沼泽时,又累又饿的他蓦地被睡意拖入了梦乡。

再次醒来的时候天已经大亮了,他睁开惺忪的眼睛,环视了一下周围浩茫、死寂的大森林,心情沉重而又冰凉。他想痛痛快快地大骂一场,可此时此景又实在"淋漓尽致"不起来。"要是朱大头、二子、黑皮还在多好。调侃、乱扯一气的时光再也捡不回来了。"想着,他向树下望去。那只精瘦精瘦的黑熊还没有走,趴在树下睡着了。他犹豫了一下，决定溜下树，总不能一直坐在这枝丫上啊。他轻缓地向下爬着，尽量不发出声音。离地面两米的时候，一些雪团子被腿蹭着滚落了下去，砸醒了那只黑熊。黑熊猛地跳了起来，看见了正在向下爬的他，吼了一声就向树上爬来。他见势飞快地向上爬去。不料，在离地四米高的地方他脚踩断了一根树枝，一下子从树上跌落在厚实的地面上。那只已爬到两米处的黑熊跟着跳下来。这时，他和它——再次面对面了——都想活下去——他和它。熊吼了一声就把他扑倒在地了，他使尽全身力气把熊蹬开，拔腿向前跑去，但熊再次扑倒了他，他身上的羊皮大衣在熊爪的拍击下像纸片一样飞在了空中。眼见熊就要张开大嘴向他的喉咙咬来，他好不容易从绑腿中拔出那把从他一进新疆就跟着他的匕首，狠狠地捅进了熊的肚子。他死命地捅着黑熊，在熊爪的猛烈抓击下毫不畏惧，他那把匕首哧哧地不断插入

黑熊的肚子,喷溅出来的鲜血溅了他一脸一手一身。最后他用尽所有的力气,把刀子捅进去,向下猛地一拽,熊的肚子哗然而开,血更密集地堆在了他的脸上和身上。在浑身掠过一阵疼痛之后,他突然感到自己像羽毛一样慢慢地浮起来,飘向了空中……

他和那只熊同时缓缓地仰面向后倒了下去。

五

他再次醒来的时候,感到周围的一切都在向后移动着:天空,阳光,树木和白云,这一切那么熟悉而又亲切。"我真死了吗?不不,我不能死,我也不想死,我怎么了?为什么天在转,云和树木在飞跑?"他动了一下,浑身上下一点儿力气也没有了。后来,他用尽力气,才使自己的脖子微微抬起,这时他看清了,他躺在一只狗拉的爬犁上。他隐约还感到有一个人在驾着这只爬犁,心中掠过一阵宽慰，就又睡了过去。

现在，他躺在一间木屋的火炕上，身上盖着厚厚的大红印花棉被，屋子里暖烘烘的，有一股人的气息。他感觉浑身又痒又痛，像是有无数只蚂蚁在咬噬着他的皮肉。他从被子中抽出手，摸了一下，脸上肿得好疼。这时他才顾得上去看四周围的屋子里的一切。屋子的墙壁上挂满了别致的装饰品，全是狐狸、狍子、狼，还有羚羊、山兔等的皮，另外还悬着一只牛头骨，在对面的墙壁上，两只黑洞洞的眼睛露出死亡的光芒。这么说，这是一个护林人的家了，他想："我能活了。哈，我又活过来了。"

门吱呀一响，进来一个穿花布棉衣的媳妇。她三十岁的模样，生的两个大红脸蛋子，一双大眼睛伶俐至极，手里端着一碗热气腾腾的东西，向他走来。

"哟,醒了呀。你可睡了整整一天了。你伤得不轻啊,来,吃碗熊肉吧,这只熊还是你杀死的呢。"小媳妇含笑走到炕前,把碗递给他。

"大妹子,谢谢你们了。我这是在……"

"噢,我家。我老头子是这一带的护林员,昨天上午去看套夹的时候发现了你,就用爬犁把你拉回来了。你伤得不轻啊。大雪把整个山都给封得严严实实,你咋地一个人就敢乱闯?熊瞎子可多呢。这年月它们也没得吃,饿得皮包骨头,当然要吃你了。哪知道碰上你这个主子,倒把它给'穿'了。"她说话间,已把那碗熊肉递到了他手上。他感激地笑了笑,接过来,一阵香气扑鼻而来,顿时,他食欲大发,狼吞虎咽地吃了起来,那大块熊肉温暖地顺着他的喉咙溜进肚里,畅快极了。不一会儿,他就把那碗熊肉全给消灭了。

小媳妇一直在边上看着。她说:"哟,他叔这么能吃,一定饿坏了吧。几天没吃饭了?"

"三天。"他说。

"干啥的?淘金子的?挖药的?"她问。

"淘金的。三天前大雪封山,半夜房给雪压塌了,我那三个合伙人全送了命,只剩下我了。我够幸运了,就冲那三兄弟,我死也得死在山外头。"他说,脸上掠过一道坚毅的光芒。

小媳妇俏丽的眼珠一转:"他叔,金子这年月怕不好淘吧?"

"难哪,弟妹。我们挖的是山金,挖不着那大半年的工夫全都白费。话说回来,要挖着了那可都是大块儿的,几辈子都够了。"

"那你们这次进山,收成咋样?"小媳妇挺关切的样子。

"还成。"他答得很含糊,马上把话题一转,"多亏你们相救,否则我这条命算是扔在阿尔泰山里了,

连骨头都找不回了。真谢谢你们了。"

"他叔,别说生分了,咱山里人,都是靠山吃饭,自家人,什么谢不谢的。谁没个不测风云三长两短?没啥,凑巧让我老头子碰上,也算你命大。"小媳妇这么说着。他掂量着,想着怀里揣的那袋金子,他打定主意了,救命之恩一定要重谢,临走得给他们留一块金子作报答。

这时,门又响了,进来一个穿皮衣戴皮帽、一身皮毛装束的壮小伙子,三十开外的岁数。

"哟,你瞧,我老头子来了。他叫乔大壮。"她介绍道,"大壮,你来看,他醒了,淘金的,真是辛苦啊。"

乔大壮脸上的肉堆挤着,眼睛都快挤没了。他乐呵呵地走过来:"要不是我去看下的套夹,你可就真完了。雪封山,咋能活着走出去?我还没听说过哩。也罢,在这搭多住几天,把伤养好了我送你出去。"大壮说着话点起了一杆子烟,又对他示意说,"抽不?"他摇摇头,说:"不抽,谢你们好意,我打算明后天就走,打扰久了挺过意不去。"

大壮一咧嘴:"那哪成?最少也得待七天,你嫌我们供不起,没粮食?"

"不不,绝不是那个意思,兄弟,太麻烦你们了,太麻烦了。"他说着,内心里涌上来无限感激。"我可真遇上大好人了。"他想。

"好了,别多说了,你早些歇息吧。春早,咱们也过去睡吧。"他拉起媳妇,一起到另一个房间了。

这一夜他睡得十分香甜。第二天无话,一切太平。

六

由于这小两口的热心挽留,他打算在这里多住

几天。他感到自己的身体恢复得很快,下地走路已不成事儿了,只是还有点虚。

入夜了,他又渐渐沉入梦乡。半夜,他听到窸窸声响,他一惊,腾的一下坐起来,只见一个白花花的人正在他床上钻。他心一缩,浑身出了一层子的汗,低声吼道:"谁?!"

"是我呀,他叔。"他心中立刻警觉起来,两天来放松的警惕猛地全拾了起来。他一下子联想到金子,对,她一定是冲金子来的。

房间唰地亮了。乔大壮脸上的肉哆嗦着,举着一支双筒猎枪从门外走进来,嘿嘿地笑了笑。"快,给我滚下床!"他大声地吼着,"快,快,给我靠墙,别动!快!"

他冷冷地扫了乔大壮一眼,看出了他内心的虚弱。他走到墙边,靠着墙,目光犀利地盯着乔大壮:"兄弟,不就为了几块金子吗,我全给你。全在这儿了。放我一条命就成。大家都活得不容易。深山野谷的，前不着村后不着店，你何苦还来这么一招呢？其实明说不就得了？"他语气平谈，从怀里掏出那袋沉甸甸的金子，扔到了乔大壮脚下。

乔大壮拾了起来，眼珠一转，笑了："你把我当傻瓜？告诉你，我叫你人财两空！快，转过身！转过身，快！"他的两眼射出来凶狠的光，脸上杀气腾腾的，一手把那袋金子交给了媳妇，一手移动乌黑的枪管对准了他的脑袋。

他顺从地转过身，感到乔大壮的枪管子贴近了他的后脑。正在这时，他身子向下一伏，一个扫堂腿向乔大壮扫去，乔大壮应声跌倒。随即，他像豹子一样愤怒地叫了一声，一把揪起乔大壮，猛烈地一顿膝撞，直撞得乔大壮大口吐出鲜血来。他手一松，乔大壮登时像一堆软肉窝下去了，他的媳妇尖叫起来："别杀我！别杀我！全是他干的，别杀我！

他叔！别杀我！"

"我不会杀你们两个。其实,早知有今日,何苦当初救我?!"他说,"快,给我装四天的干粮,准备好火柴、子弹、衣服和药品,快!"他用枪对准小媳妇。刚才还分外妖冶、媚态百生的小媳妇此刻惊惶失措,尖叫着去房里准备东西了,不到五分钟,他要的东西都齐了。他看着在地上呻吟不止的乔大壮,冷笑了一声,从皮袋里掏出一疙瘩金子:"对你们谢还是要谢的。这枪借我用几天。"说罢,背好东西,推开门。忽地,又像记起什么似的,转身推门,把乔大壮和他媳妇吓得一颤,他说:"大家活得都不容易。"然后,狠狠地带上门,立刻就隐入漆一样的黑夜。

七

望着黑暗之中飘摇的篝火,他陷入了沉思。他想着昨天乔大壮为了他的金子而要杀他的情景。"知人知面不知心啊！"他想。火苗子在他的瞳孔上跳着舞，火苗子辐射出的热量把脸朝向火的这一面烤得温热而又舒坦。他下意识地从干粮袋里抓出一块干牛肉，放进嘴里慢慢地咀嚼起来。周围的林地漆黑一片，有小风在吹着，阵阵的林涛在喧响。"我一定要走出去，我还有儿子，他太不争气，我一定要活着出去，我有家。"他想着，"下次，就是有再多的金子等着，我也不来这鬼地方了，这完全不是人过的日子。"

忽然，就在附近响起了一声低沉的狼嗥。他凛然一惊："怎么，有狼？！"这是他出山第六天的夜晚了，出山至少还要走两三天的路程，这时他警觉地看到，许多耸动着的身影向他围拢过来，时而发出低沉的在撕碎世界之前的嗥叫。他立刻举起了那杆猎枪，站了起来。四周一时间全响起了狼的嗥

叫，恐怖极了："你们过来，过来，我杀了你们！"他大声地吼着，手臂激烈地挥舞着，狼群丝毫没有退缩的意思，它们一双双幽蓝的眼睛在黑夜之中像火苗子一样在跳动。他举起枪，扣动扳机，立刻，有一束蓝火苗子黯灭了，狼群发出了悲哀而又愤怒的低嚎。"我杀了你们！我杀了你们！"他暴跳如雷，"来吧，你们都来！"枪声一下接一下地响了，在夜空中震荡到好远好远……他的篝火还在熊熊地燃烧着。最后，当他打掉最后一颗子弹——子弹共有三十颗——天边现出了鱼肚白，剩下的狼悄然退却了。

未燃尽的篝火青烟袅袅。疲倦至极的他提着空枪在周围空地上巡视着：一共有十八条狼被他打死了，十八条。他的嘴角浮起一丝冷笑："那也是十八条好汉。"

他继续行进在空无一人的冰雪大森林中，四周浩浩茫茫，死寂无声，不时有被风吹落的雪团子砸向他的脑袋。他顽强地在密林中穿梭着，天空中，白花花的日头仿佛凝滞不动。然而，他发觉他迷路了。

这时他又听到身后有脚步声在响。他一回头，两头狼的身影立刻隐入了厚厚的灌木丛。"又来了，"他想，"看咱们谁死在谁手里。"他抬头看天，辨了辨方向，他想自己应该没有错，然后又往前走。

走到了一处断壁上，他站在高高的断壁上，极目眺望。"啊，不远了，最多再走一天，就可以逃出了这架活棺材。"他兴奋地想，但首要问题是下这个断崖。"绕过去吧。"他想。可是，他刚一转身，就发现有三条凶恶的、精瘦的狼一步步向他逼来，这三条狼是一直尾随着他的。他浑身掠过一阵战栗，不由得向后退去——而背后，就是断崖！他抽空向后瞅了一眼，看见了断崖下高大蓬松的树顶，这时，狼们发出了一声低吼，扑了上来。他手中的空枪猛

地挥了出去,在他清醒地听见了枪托击中了一只狼的头颅的同时,他已经反身跃出,向断崖下的那几棵大树的树冠扑去;天空中掠过一声绝望的深沉的悠远的惨叫。

八

他又醒来了,他发现自己已经落在了树下。他抬头向上望去,这棵大树的整个一面的枝杈都被他挂断了。他浑身疼极了,周身好像长满了蛆一样,耳朵里有一千只蜜蜂在嗡嗡地飞。他浑身上下都给挂烂了,尤其是脸部和腿部。

日头又向西偏去,他挣扎着燃起一堆火,在火光的映照下他睡着了。这一夜就这么过去了。

他继续朝东南方向走着,饿了就吃所剩不多的一些炒面,就着雪粒。一直向东南方向走着。他发现,还有两头狼——也许就是在断崖上追他的饿狼——天知道那又是怎么跟上他的！一直在跟着他。"来吧，"他想，"我会把你们全杀了，来吧！"他一边想着，一边用力地拖着受伤的腿，沉重而又缓慢地在冰雪大森林之中穿行。他心中只有一个念头：走出去，我要走出去！

在一个中午，实在饿得受不了的狼向他发起了又一次进攻。在这一场殊死搏斗中，他用匕首又杀死了一条。剩下的那头狼退开去，退到离他十米远的地方看着他。他和这头跟他一样瘦又一样顽强的狼久久地对视着，他突然对这头狼产生了由衷的敬佩。"都是为了活着，你比我还顽强，好样的，狼。"狼瘦瘦的身体在雪地上摇晃着，幽蓝的眼睛悲哀地注视着他的猎物。许久没吃东西的它大概已经饿得头眼发晕。它的身上、腿上许多地方渗出了鲜血，这是他留给它的印记。他们就这样对峙着，休整着。

后来，他又朝着东南方开拔了。他的头渐渐眩

晕起来,他感到自己的身体也正在一点点垮下来。"可我要活着出去。"他想,"我一定要活着出去。"那只狼也以同样疲惫的步子跟在他身后。他们就这样又在雪林中穿行了两天。

他没有干粮了。抬头望天,白花花的太阳依旧。他下一个坡子的时候,那狼扑了上来。但一场搏斗过去,他和狼都没有足够的力量置对方于死地。他又继续向前了。

他越来越觉得自己不行了,快支撑不住了。这时他恍惚地闻到了他所熟悉的人的味道。一阵惊喜掠过头顶,他想:"我快要出去了,我要出去了!"他大步向前,但又一次跌倒了。那只狼也又饿又伤又冷,离他五米左右,不时地两条生命要搏斗一番,但谁也没有力气杀死谁了。

他迈出一大步,一下子跨出了一棵大树的阴影。"啊,我终于来到了路上。"他惊喜得老泪纵横。眼

他继续行进在空无一人的冰雪大森林中,四周浩浩莽莽,死寂无声,不时有被风吹落的雪团子砸向他的脑袋。他顽强地在密林中穿梭着,天空中,白花花的日子仿佛凝滞不动。

前，一条公路笔直地伸进雪林。他高兴极了:"我终于出来了，出来了，我活着，啊，我还活着。"他摇晃着走到路中间，眼前天晕地转。

而在这时，那条狼也向他发起了进攻。他和狼在进行着搏斗，狼那尖利的牙齿在他的胸脯和脖子处使劲地咬着，冲撞着，他竭力格挡，血在他们的身上溅开来。他死死地掐住狼的喉咙，死死地掐住。有一辆汽车从远处开来。"是人来啦，"他想，"我不会死在你手里。"他使劲地掐着狼。最后他手一松，倒在了地上。

车在他们眼前停下了，下来了一大群年轻人。有几个小伙子飞快地扶起了极度虚弱的他，高声喊着"大叔"，把他向车上抬去。

在车上，他醒了，问那些年轻人:"狼，它，死了?"年轻人都点了点头。他欣慰地又昏睡过去了。车子载着他向人群居住的地方快速驶去。

追寻·归宿

杀 戮

最初的灾难是从春季大围猎开始的。那时候黄羊布克一家正随着大部落向洛那河谷水草丰腴的地方迁移。

灾难就是从那时起,开始笼罩在布克一家的头顶的。

一阵枪声响过之后,所有的黄羊都抬起了头,惊异万分地发现自己的同类忽然倒下了十几个。在

紧接着的一刹那可怕的寂静之中，布克的妻子母黄羊琳西娜已经预感到事态的严重了，她发出紧急的奔跑令。她的大儿子斯塔、二儿子米加、小女儿古丽立刻围拢到布克和她的身边来。而这时，所有的黄羊才猛然从惊愕中醒来，开始跃足狂奔。

然而，它们却越来越深地陷入了人类给它们布置的陷阱。它们一共有八百多只，在部落首领阿斯尼卡的率领下，疯狂地惊恐地向东南方向逃去。它们那几千只重蹄在奔跑中擂响了平静的大地，黄烟立刻弥漫而起。它们互相已经看不清紧挨着自己的同伴，只顾向前猛力狂奔，以期摆脱那黑云般的厄运。布克和琳西娜在迅疾的奔跑之中，忽而一前一后，忽而一左一右，紧紧地围护住三个孩子，以至于不让它们在忙乱中失散。因为在这一时刻，谁只要失散，哪怕稍一迟疑，就会被自己的同类踩得稀烂。

在它们的身后，几辆汽车像巨牛一样尾随其后，枪声凌乱而又紧密，它们的大队伍中不断有被击中的，被同类们踩死的。而在闪烁着晶莹阳光的湛蓝天空之中，一大群黑色的兀鹫在卑鄙地盘旋着，这更加剧了整个黄羊大部落的惊惧。它们跑得更快，更忙乱了。

而等待着它们的陷阱已经离得很近了。

在它们的前方，是一条狭窄的山谷，通过这条山谷，就可以穿越肯基特山脉，到达无人敢乱闯的古尔班荒漠。首领阿斯尼卡判断只要穿过这个山谷，就可以到达安全地带了。

它的判断本来可以说是毫无漏洞的。然而恶毒而又极端聪明的人类却恰恰埋伏在这条山谷的两边，这样就形成了一个"口袋"。

阿斯尼卡正要庆幸它已带着部属们到达平安之地时，它们的头顶一下子响起了杂乱密集而又幸灾

母狼布兰基

乐祸的枪声，立刻一排黄羊中弹倒了下去。此时对于它们来说，选择只有一个，那就是：向前冲！冲出这个口袋般的山谷。

布克明显疲惫极了。几天来，它们一家刚刚经过了漫长的跋涉，就要到达目的地时，却又开始了新的逃亡。它坚毅的脸上水淋淋的，一撮胡子上沾满了黑色尘土。它跑在几个孩子的后面，而琳西娜跑在前面。突然之间，一颗坚硬的子弹带着尖叫声刺入了它的肚腹。它悲鸣一声，倒了下去，立刻淹没在尘土和同类的蹄下。

琳西娜和孩子们是在听到那一声惨叫之后才明白布克受伤了。孩子们正要驻足，琳西娜一侧身子，代替了布克的位置，强忍着悲痛用力拱了孩子们一下，它们就又随着大部队向前狂奔。

十分钟后，它们终于冲出了这个险恶的山谷，而它们却丧失了二百多兄弟姐妹。善良的布克也在其列。午夜,黄羊们举行了悲壮的祭礼:每只活着的黄羊依次向一棵巨树撞击,表示着对残酷命运的誓死抵抗——生存是多么的艰难啊!

琳西娜是前年春天嫁给布克的。布克的前妻和两个儿子在那之前不久被人杀死了。而琳西娜则还是一个天真活泼的姑娘,那时它还没有体会到生活的千滋百味。它们成家之后,彼此恩恩爱爱,一连生下了斯塔、米加和古丽。而在这艰难奔波的两年中,琳西娜的哥哥和老父亲也都在人类的枪口下丧生了。

于是它从那时起渐渐领悟到了生存的艰难。现在,它又担负着妻子和母亲的双重责任,整日担惊受怕而又劳累。可喜的是,孩子们都很快长大了。

此时,琳西娜高踞于一处悬岩之上,任夜风吹拂着。孩子们还在部落宿营地休息。在飒飒冷风中站立良久,它突然决定到丈夫布克倒下的地方去看

母狼布兰基

个究竟。

半小时后,它又出现在肯特山脉的西北面,一路上它不断地闻着同类的血腥味,可是它虽然悲愤,却怎么也流不出眼泪了。夜浓黑一片,显得十分阴郁,仿佛有一张巨大的嘴巴,吞噬着整个世界。琳西娜穿行在这苍茫的黑夜里,忽然,它发现前面小树林里闪烁着灯光,并且,有人的喧哗声从那里传出。它悄悄潜行过去。

这是一个白色的大帐篷,灯光从帐篷缝隙中刺射而出。几辆汽车停在帐篷的四周,人都聚在帐篷休息。它悄悄地靠近帐篷,从一处破洞向内窥视。只见帐篷之内烟雾腾腾,木架下燃着熊熊的炭火,木架上烤着滋滋冒油的它的同类。它心中的怒火一下子烧了起来。猛然,她发现,一个满脸大胡子,脸上有一条长刀疤的人,正在剥着一只死黄羊的皮,而那只黄羊正是它的丈夫布克!它浑身的血液骤然喧响起来，它想冲过去，与敌手杀个你死我活！

然而最终理智战胜了情感。它知道靠硬拼是不行的。在最后看了一眼丈夫布克之后，它强忍着巨大的悲怆，任泪水在脸上四溢，悄然踏上了回程。

首领阿斯尼卡又面临着新的选择：是继续向荒漠戈壁深处进军呢，还是向南转移进入山地寻找草场呢？直到太阳移到了头顶，部属们仍旧争吵个不休。这时候，汽车发动机声音又响了起来。它们这才回过神来，那些追踪它们的人已经穿越了大山谷，继续尾随而来。只不过，他们的汽车少了三辆：他们内部也发生了争吵，最终分裂了。那个脸上带着刀疤的大胡子叫马太，他主张乘胜追击，直到把这群已剩五六百只黄羊的残部一举歼灭。而队长吐尔逊则是一个见好就收的人，经过了一番激烈的争吵之后，吐尔逊就带着三辆卡车满载而归了，而马太则带着两辆汽车，拿着所有剩下的枪支弹药，穿越

大山谷，尾随黄羊残部而来。

紧急之中阿斯尼卡下了向山地转移的命令，黄羊们又开始了紧张的逃亡，大片的烟尘腾空而起。所幸的是，这一带流沙和岩石使地面高低不平，使得黄羊很快摆脱了汽车的追踪。在这一天傍晚，它们吃到了丰美的三叶草。山地对它们来说的确是个落脚的好地方，就这样，又一个黑沉沉的夜降临了。

琳西娜是最怕黑夜的，每当黑夜降临，它就感到死神在黑夜的上空朝它狞笑。但是在今天，由于连日的奔逃和一顿难得的饱食，它安详地睡着了。午夜，一阵嘈杂混乱的声音把它从梦中惊醒。儿子斯塔、米加、女儿古丽惊惶地站起来，惊恐地看着它。它在黑暗中观察着，发现有辆汽车瞪着两只"巨眼"，"巨眼"放出两道强烈的光柱照向忙乱的羊群。黄羊立刻炸了窝，开始向四面八方奔逃。枪声响起，不时有黄羊倒地。琳西娜带着孩子们向山地跑去,就在它们要进入一条山路之时,汽车的灯柱唰地射了过来,把它们定格于强烈的光柱之中。琳西娜急中生智,用力将呆立于光柱之中手足无措的大儿子斯塔、小女儿古丽引出光柱,但二儿子米加却在慌乱之中沿着光柱向前疾驰。在车上,马太的助手乔里正用枪瞄准灯光中的米加,准备开枪,马太把乔里的枪按下来,狞笑着说:"等着看好戏吧!待会儿你就可以看见汽车是怎样碾碎一个活物的了!"汽车的速度越来越快了,而米加仍旧沿着光柱奋力向前疾驰,琳西娜在黑暗之中紧随其后,大声呼唤着米加,叫它跑出光柱。可是米加在惊惶之中什么也听不到,只顾在光柱之中向前疾奔。

汽车风驰电掣般向前冲去,在汽车撞及黄羊米加的一刹那,整个世界都静了下来,米加最后的惨叫悠长地回荡在空中……琳西娜毅然转身,它悲愤交加,向汽车冲去,在离汽车两米远处,它腾空而

起，一头撞在车窗玻璃上，羊角死死地撞击在马太的脖子上。碎玻璃四面溅了开来。惊慌之中，马太惨叫一声，一拳把琳西娜打出车外，捂住脖子倒在车内。

汽车仓皇而去。琳西娜整整一夜都没有睡，它蹲在米加的尸体边痛哭不已。一直到太阳的光辉映着整个世界，它才含泪再次踏上征程。对于它来说，死亡已不是第一次在眼前发生了。就像现在，它知道马上就会有秃鹫来啄食米加的尸体。很快米加的生命又以另一种形式融入大自然的生命之流中。可它还有两个孩子：斯塔和古丽。它们如今已是它活着的全部理由了。

它终于在一片松林里找到了惊惶不安的可怜的小女儿古丽。可是大儿子斯塔到哪里去了呢？在短短三天里，丈夫和小儿子相继被人杀死，大儿子又神秘地失踪，这一连串的打击使得琳西娜欲哭无泪、欲喊无声了。活下去！它在内心呼唤自己，它的目光显得阴郁而又坚定。

马太此时已包扎好了琳西娜给他造成的创伤，在驾驶室里坐着。回忆像烟雾一样包围了他。他的脸上洋溢着杀戮之后的满足。

他已经记不清自己是从什么时候开始投入邪恶的怀抱的。也许就是从他五岁偷邻居家苹果开始的吧。后来他就偷起了钱，偷起了各种能换来钱的东西。六年前他终于入狱了。五年的监狱生活叫他多少老实了一些，然而，去年他一出狱，一下子感到这世界变化太快了，一切都变了模样。他先是开了一家饭馆，偶尔一次听老哥儿们说打黄羊就跟打仗一样有趣，于是他租了好几辆车，冒着触犯法律的危险，开始猎捕黄羊了。其实如今对于马太来说，猎取黄羊的价值不在于其皮其肉的价值，而在于这种杀戮本身给他带来的快感。这个时候他的眼前浮

现出了昨天他开车撞死黄羊的那一幕。他忘不了那血的喷溅、那黄羊悲哀的眼神和抽动的四肢。他的脸上浮上了一层阴阴的笑容。

猛然,透过车窗,他发现有一只黄羊在前方愣愣地站着。立刻,那种杀戮欲又重新在心头升起,他叫醒了同伴,启动车子,向那只黄羊冲去,把枪架在车窗口,伺机捕杀。

那只黄羊正是琳西娜的大儿子斯塔。它心潮澎湃紧张异常,因为它打算把敌人的汽车引到一处悬崖上去。它的腿已经受了伤,走起来一瘸一瘸的。但它奋力向前奔跑,就这样七拐八弯,眼看就要到悬崖边上了,马太预感到情况不妙,忙向左一打方向盘,急踩了刹车,车子咣的一声,撞在了一棵树上,随后他扣动扳机,斯塔被击中了。

马太气呼呼地跑下汽车,走到斯塔跟前,斯塔卧在那里喘着粗气,仇恨地盯着他。马太取出匕首,一刀扎进了斯塔的脖子,又左右搅动了一下,斯塔也被他杀死了。

琳西娜这个时候正带着小古丽,焦急地在古尔班荒漠之上奔驰,寻找着斯塔。在荒漠之上到处可以看见驼、马及牛羊的遗骨,在强烈的阳光中反射着死亡的冰冷,它们在荒漠上奔走了两天,在穿越大山谷时,又与敌手相遇了。

而这个时候,马太也发现了琳西娜和古丽。他敏感地察觉到那头长着一身褐色皮毛的、身材矫健的母黄羊就是在他的脖颈上留下了永恒印记的黄羊,不由得心中燃起了仇恨的火苗。

又一场新的角逐开始了。对于琳西娜来说,选择只有一个,那就是把对手引入荒漠深处,它迅疾地奔跑着,腾越着,在它的脑海里依次闪现了它所有的同伴和亲属死亡的情景,内心充满了对人类的憎恶与仇恨。"一定要置对手于死地!"她一边飞驰

一边想。小古丽紧紧地跟在它的身后。

这个时候,驾驶室里发生了争吵,马太的助手乔里说:"油快没了,再往里走我们出不来就完了!"

马太说:"笨蛋懦夫!简直是饭桶!难道我出钱雇你来是叫你教我怎么怕死吗?我非杀了那两只羊不可!赶快给我举枪瞄准,给我打!"

乔里不吭声了,将猎枪伸出车窗,瞄准,开枪。子弹嗖嗖地擦着琳西娜的身体吱吱叫着钻入了沙地。它们依旧跑啊,跑啊,只为一个目的,那就是把对手引入无人的荒漠。

然而最终有一颗子弹击中了小古丽。它惨叫一声倒了下去。琳西娜的最后一个孩子也死了。它稍迟疑了一下,毅然向前奔去,这时候不知从哪里来了一股力量,这股力量促使它奔跑如飞,它越跑越快,就仿佛是为了离开这充满杀戮与血腥的世界似的,向遥远的太阳的光晕里奔去……

半个月后,琳西娜再次深入到古尔班荒漠——在那里,那辆曾经紧追过它们的汽车像一摊牛屎一样摊在了沙堆里。从驾驶室的窗口伸出两具尸体,头发脱落,两只眼睛也被秃鹫啄去了——马太和乔里终于没逃脱惩罚。

琳西娜仰天对着太阳,默默地念着布克、斯塔、米加、古丽这一个个名字,流下了眼泪。

母狼布兰基

奔向那一轮红艳艳的太阳

一

那匹枣红色的汗血野马已经是第七次晃过君玛德力的眼帘了。

从他第一眼见到那匹野马时，他那颗本已日趋平静的心就再也不能够安安稳稳地待在他的胸腔里了。祖先遗传下来的桀骜不驯的血质又重新在他的体内复苏和高涨起来。他终于想起了父亲的遗训。父亲由于捕住了这匹野马的父母亲——它们也是一对枣红色的汗血野马,而劳累过度,咳血而死。而它们的儿子却逃进了那一片原始的胡杨林里。临死时,父亲向年纪尚幼的君玛德力讲述了那匹野马的故事。

据说是它的祖先的祖先的祖先……曾是威震世界驰骋亚洲东西南北的成吉思汗胯下的坐骑。后来成吉思汗在一次同阿勒泰西部的哈萨克野蛮部落的作战中负了伤,才与坐骑分开。但那匹有灵性的马为了不受擒俘之辱,毅然在寻找主人七天七夜之后,闯进了古尔班通古特大沙漠边缘的原始胡杨林。那是从来没有人敢进去的地方。

多少年了,它的家族与君玛德力的家族结下深深的仇怨。谁不知道,君玛德力的爷爷和爸爸是整个卡多斯大草原上最最优秀的牧人:挥动套马杆,

母狼布兰基

任何一匹暴烈的马终将乖乖就范于他们的胯下。

五十年前,君玛德力的祖父就是用这根浸了熊油的红松木套马杆捕住了它的祖父。当君玛德力的祖父踌躇满志地用一只烧得通红的烙铁,在它的祖父身上烙下了一个象征征服的黑焦焦的蹄形烙印之后,它的祖父整整三天不吃不喝,一直面对着那片胡杨林的方向,悲声长嘶,力竭而死。

而君玛德力的父亲在二十年前还是用这根套马杆捕住了它的父亲。但也就是在这厄运般的套马杆套上它的父亲的一刹那,它的父亲狂跳起一丈多高,悲嘶一声,肺裂而死。临死时还踹了君玛德力父亲一蹄,这愤怒的最后一击也使他的父亲再也未曾醒来。但它却在那片浩浩荡荡、莽莽苍苍、深不可测的胡杨林里,孤独但却顽强地长大了。

而君玛德力也在大草原冬不拉的乐曲声中和奶茶的浇灌下,倔强地长大了。

但是如今,它又再次挑战般地出现在卡多斯大草原上的时候,所有的人包括君玛德力再次热血沸腾。连着一周,已经有五个卡多斯大草原上最好的骑手因为追捕这匹汗血野马而受伤了。只有君玛德力面带微笑地对所有的人说:"你去捉吧,你肯定是捉不住的,它是我的!"

果不其然,如今其他的牧人都不再想去追捕那个要命的家伙了,眼巴巴地指望着他去捕住那家伙,长长整个大草原上男人们有点萎缩了的志气。他也因此大言不惭地对人宣称:"我不用套马杆,就能揪住那家伙的长鬃。"

为了捉住它,君玛德力已经在阴冷的月下蹲了大半夜了。它总是在后半夜踩着哗啦啦掉着露珠子的合头草,悄悄地独自到这眼咸水泉来饮水。而只有趁着这个机会,君玛德力才能靠近它。因为凭着他那匹黑走马的脚力,是无论如何不能够在广阔无

际的草原上赶上它的——它总是旋风般地把他和他的黑走马远远地落下，消失在远处飘起的黄色烟尘里。

它的出现怎么也不能使君玛德力心平气和。他想：自己得对得起祖先们啊！他们的英名，绝对不能被自己玷污！

忽然凉风送过来一阵细碎的清脆的响动。君玛德力立刻竖起了耳朵，仔细地捕捉着那个声音的每一个细节。显然，那声响是冲着这眼泉水来的。正是它！君玛德力的心狂跳起来。他赶紧拍了拍伏在他的脚旁的那匹忠实的黑走马，借着月光，他发现黑走马的目光里闪着几丝怯懦。混蛋！君玛德力在心里骂道。他用力顶了一下黑走马，终于使黑走马在那声响越来越近之际壮起了胆子。

那细碎的清脆的响声越来越近……

穿过一丛浓密的白梭梭林后，君玛德力的眼睛一眨不眨地越睁越大……

终于，君玛德力的眼前一个活物一闪，从苍黑的夜幕中跃入了这个只有十步见方的咸水泉边。君玛德力感到他那颗心仿佛马上就要从风箱似的鼓动着的胸腔里跳出来了。他那只拍着黑走马的手也感到了马的身体的颤抖。

它欢快地走到泉边，伸动潇洒的长颈，痛快地饮了起来。咂咂的饮水声使得夜空里显出一种生命的波动。多少天以来，它都是痛苦地在摆脱了众人的千般追捕之后，来这里饮用能够使之在第二天重新以挑战者的姿态出现在大草原上的咸水。

真是一匹好马！君玛德力那双藏在灌木丛后的大眼睛放着羡慕和贪婪的光：它全身枣红色，唯有四条小腿关节处围有一圈雪白的毛，胸廓宽阔，腰背有力，马鬃高长，腿关节精壮结实。这绝对是一匹剽悍的战马的后裔！就连它饮水时微微地颤动身

母狼布兰基

体的时候,都好像有无穷的力量,傲慢和潇洒在它体内咯咯爆响。君玛德力的双眼喷着热切的占有之光!

它忽然感觉到气氛有些异常。猛然抬头,见那一丛梭梭林后,有一双炯炯放光的眼睛,正在恐怖而热烈地盯着它!刹那间它明白敌意已经有预谋地浸漫在它的周围了。倏忽间它转身扬开四蹄便跑。不料,没跑上七八步远,脚下一软,便扎到了一个大陷阱里——这正是君玛德力的杰作之一。但就在狂喜的君玛德力赶到坑边的时候,它却出人意料地腾云驾雾般飞旋而起,跳出了这个在君玛德力看来是任何马都逃脱不了的大陷坑。在它跳起的一刹那,机敏的君玛德力已然从黑走马身上跃起,直扑向刚刚跃出险坑的它,稳稳地落在了它的身上。

它暴怒了!它简直不能够忍受这样的欺侮和征服。它四蹄翻飞,扬声大嘶,嘶啸声如古铜钟般回响于冷寂凄凉的夜的空间里，任凭它如何驱动浑身的力量，君玛德力就像是牢牢地焊在了它的背上。

它开始在大戈壁上狂奔起来。它那雨点般的蹄声激烈而愤怒地叩响了沉睡的大地。一定要摆脱掉这个危险的征服者！

它以最快速度奔跑着。在它背上如小船晃动着的君玛德力的心头掠过一阵阵狂喜：自己终于骑在日思夜想的对手的脊背上了！嘿！这一次得抓住它，等明天一早叫整个大草原上的男人们女人们都羡慕得死去活来！他感到脚下那一丛丛红柳、一蓬蓬沙棘像箭一样地射向身后。太快了！它的脚力真是无与伦比！一定得征服它！

猛然间它一个驻足，在它背上的君玛德力便如出膛的炮弹飞向它的前头——他被它甩下来了。

等到他揉揉钻进沙子的眼睛之后，茫茫大戈壁就再也没有了它的身影。只有那如释重负般地摆动

大地的远逝的蹄声，在寂寞空旷的空间里回荡。但是值得他庆幸的是，他的一双手上，沾满了那匹汗血马血红血红的汗水——这就足够在明天让那些男人们瞧个够了。他微微笑了起来。

……在离他们不远的山崖上，一只独眼岩羊冷漠地盯着刚才发生的一幕。阴风吹动它腮下的长须，月光下，大戈壁更显得阴森可怖……它心中那个泯灭的信念正在一点一点地复苏……

二

第二天一大早，整个草原上的牧人们都知道君玛德力曾经骑在了那匹野"神灵"的背上——以君玛德力双手上的血一样颜色的汗为证——为了这，君玛德力硬是没有洗手，为的是叫方圆千百里的牧人都能瞧个清清楚楚、明明白白，然后心服口服。

当月上中天，朔风轻吹，草原上为他破例举行了一次阿肯弹唱会。在那个老女阿肯现编的对他的家族的赞歌声中,他骄傲地向牧人们宣布:"我要独自一人,用家传数代的套马杆,生擒那匹汗血马。"草原人热血沸腾了。没有哪一个汉子不为他的豪言所折服。为此,他的妻子努尔古丽特地宰了七头羊来庆贺和祝福。

但接下来的几天实在令他绝望——它再也没有出现在大草原上。而令他感到忧虑和心惊的是,他最疼爱的一匹漂亮的纯白小母马,于两天前突然失踪了。很难说不是它——那匹神奇的野家伙干的好事。如果是这样的话,那么它是要传宗接代了。后来种种迹象表明,那匹小白母马确实是进入了那片胡杨林里了。嘿!反正都逃不出我的手心。更何况我儿子小海萨尔也已经两岁了,他想。

他开始组织人,准备进入那片死亡一般的神秘的胡杨林,预想如果缚住了那匹小母马的话,那么

就很容易缚住那匹野"神灵"了。当他好不容易拉起了进入那片林地的队伍时，突变的气候使他不得不改变了这个冒险的主意。整个部族开始迁向越冬草场了。这场大迁移也就使得他改变了计划，也就是说，最少半年内他几乎没有时间去追捕那个能给他带来巨大声誉的神奇的家伙了。临行前，他大口地喝着马奶酒，恨恨地对着老林子，心里说：等着瞧，半年后，我再收拾你们！我祖宗的英名是绝不能在我的手上断送的！

……

卡多斯大草原上长达半年的漫长而寒冷的冬季，终于如噩梦一般地过去了。君玛德力一行人再次驱赶牛羊马群，重返故地。那个存放在他心里许久的念头像再次燃烧起来的火苗，熊熊地烧着他的理智。

于是在牧场、毡房刚安置好四天之后，他就拉着一队人马，进入了那片古怪的胡杨林。

这片胡杨林无边无垠，莽莽苍苍，人走进去简直像进入了迷宫一般。到处都是林木和横七竖八散发着腐朽气味的朽木。人群所至之处，成群的筷子般粗的蚊子嗡然而起，向着这群盲目的不速之客狠命叮咬。到处都散落着动物的白色枯骨，令人触目惊心。古怪的盐蓬、白刺、红柯，摇动手臂，磕碰着这群心惊胆战的人，引起他们一阵阵心惊肉跳。忽而有灰旱獭、子午砂土鼠的眼睛于密密丛林后盯着他们，又有长尾黄狼倏然消逝的影子引起了他们一阵阵的战栗。

好在他们总算是如愿以偿了——在他们几乎弹尽粮绝之际，于一丛浓密的柽柳林中，他们终于惊喜地包围了这一家三口——它们又多了一匹小马驹。在紧张的围捕中，那匹野"神灵"叼着那匹生下来没多久的小马驹风一样地逃走了。而他们则捕住了

那匹已做母亲的漂亮的白色顿河马,并把它带回了牧场,关进了大栅栏内,以期那个野家伙前来相救。

但是连着许多天都没有动静。

它这一段时间可气坏了!本来,由于人类的杀戮,而使它的祖辈们临死被烙上了受征服的烙印!随着自己儿子的问世,它那种对人类的仇恨因为享受着天伦之乐而日渐淡薄了。它几乎想在这片胡杨林里了此一生,与世无争。但是,那可恶的永远该被诅咒的人类,又一次找上门来,逮走了自己心爱的妻。这不能不使它放弃妥协的打算。要抗争!没有抗争就没有活下去的力量和理由!

这一天,暮色如火,它又一次出现在大草原上。它要去救自己心爱的妻子!随着自己离那座大栅栏越来越近,它的眼帘上出现了那个纯白的娇美的身影……它的眼睛有些湿润了……它飞快地不顾一切地向大门冲去……

当月上中天，朔风轻吹，草原上为他破例举行了一次阿肯弹唱会。在那个老女阿肯现编的对他的家族的赞歌声中，他骄傲地向牧人们宣布："他要独自一人，用家传数代的套马杆，生擒那匹汗血马。"草原人热血沸腾了。没有哪一个汉子不为他的豪言所折服的。为此他的妻子努尔古丽特地宰了七头羊来庆贺和祝福。

大栅栏的门开启着。周围静悄悄的没有一个人。进不进去呢？难道这不是一个陷阱和圈套吗？终于，它心一横，冲了进去。

当它焦急地气喘吁吁地到达忧虑的妻子身边时，回首一望，那扇木栅门已经关上。一个它熟悉的人影——君玛德力正在得意地望着它们。它的眼睛火一样地烧了起来。这时它的妻子一声不响地偎在了它的身边，那凉凉的夜色也立刻淹没了草原的一切。

等到明天天亮，你就会知道我的威力了！它想。

这一夜，它安安稳稳睡得很香。哪怕是在睡觉的时候，它的血管里也流着不安分的血液。

三

"咴——！"随着一声野性的长嘶，它在整整等待了一夜之后，在太阳悄然从一望无际的大草原那

母狼布兰基

边猛地跳出来的时候,高高地扬起了四蹄和头颅,毅然向高高的栅栏冲去!

它要冲断那栏杆,斩断那曾囚禁了它一夜的、切断了它与自由世界相连的羁绊!

又是一声高傲而潇洒的长啸声摇曳而起,飘荡在充溢着生机的整个大草原上。与此同时,它后蹄猛然一蹬,前蹄高高一纵,箭一般地奔跃而出,漂亮地在空中划出了一条蔑视一切的弧线,跃出了高高的栏杆。也就是在它将跃出栏杆的一霎,后蹄用力向下一磕!那粗壮结实的栏杆轰然断裂——它,这骄傲的不羁的精灵,欢乐地奔向那刚刚升起的仿佛还带着倦意的太阳!

而它的小白马和一群其他的马则在惊愕了足足一分钟之后,才争先恐后地从那个缺口冲了出去!

君玛德力慌慌张张地从毡房中跑了出来。他手搭凉棚看去,见那一片弥漫的烟尘里,那匹击溃了他自尊心的神灵正以最潇洒的步态,带领着他的马群,飞快地奔向远方……

他赶紧跨上黑走马,喊了几个人,拿起猎枪追了上去……

离那匹小白马越来越近了。君玛德力大叫一声:"开枪!"数声枪响过后,那匹哀鸣着的小白马,在看了最后一眼这个世界之后,慢镜头般倒了下去。

与此同时,它悲声长啸一声,嘎地刹住飞步,毅然转身,飞身旋到了自己受难的妻子身旁。它的心中只有愤怒和悲凄!

但当它凄然凝立于妻子身边的时候,那套马杆已经紧紧地套住了它的脖颈。而持杆人正是在黑走马背上微笑着的君玛德力。

而那只瞎了一只眼的岩羊王,依旧站立于突兀的山石之上,漠然地看着这一幕……朔风吹动它长长的胡须……

母狼布兰基

四

接着五天,它都被君玛德力关押在磨房里。他用暴怒的皮鞭抽打它,呵斥它。它被蒙上了眼睛,被逼迫拉着磨,一圈儿又一圈儿地磨着时光。它的肩头渗出了鲜血,它的四蹄由于在石磨上磕碰而鲜血迸溅。但那块黑布蒙不上它那颗永远不屈的心。它拉呀拉呀,就是不停下来,它怕一停下脚步,那强烈的反叛意识将会萎缩。

这一天,它终于累得趴了下来,嘴里呼哧呼哧地喷着气,舔着身上的鲜血。忽然,它感觉到有一个人走近了它。它迟疑了一下,没有用正眼去看那人,仍旧舔着自己的伤口。

有一双手伸了过来。那双手是那样的纤软温柔,解开了蒙住它眼睛的黑布。它只觉眼前豁然一亮,等适应了久已不见的光明之后,才看清楚——那个让它重见光明、含着同情和温柔的眼光注视着它的，正是君玛德力美丽的妻子努尔古丽！

它漠然地看了她一眼，打了一个响鼻，用蹄子示威般地刨了几下沙地，将头扭开。良久，它感觉有些异样，转过头来才看清，努尔古丽抽出了一把长柄砍刀，一步步走近了它。它一下子警觉起来，毛发耸立，怒眼圆睁，挺直了脖颈，望着渐近的手持雪亮砍刀的努尔古丽，用目光告诉她："来吧！我才不怕你那柄刀呢！"

努尔古丽走到了它的身旁，迟疑了片刻，猛然举刀向下砍去！

它的眼睛猛地一闭，但立刻觉得自己身上的绳索突然失去了约束力——啊！原来她砍断了那捆绑着它的绳索！它霍地站了起来，立刻向门外冲去，跨出门槛之际，它欢快地转身向努尔古丽打了一个

感谢的响鼻。

君玛德力正和几个大汉喝酒猜拳，忽然眼前一个红色的影子一闪。他立即惊恐地站了起来，只见那匹野马箭一般地冲向了茫茫大草原……

他一下子甩开手中的酒瓶子，冲进了磨房，却见呆立着的努尔古丽，手里握着一把砍刀。

他一切都明白了，大吼一声，向妻子发脾气。但妻子毫不畏惧的目光使他的心里有些发毛。他二话没说，立刻牵出那匹黑走马，拿起那只套马杆追了上去……

啊！前面终于出现了那家伙的影子了，君玛德力一阵阵狂喜。看得出，它的腿有点儿瘸——这一定是石磨的功劳。嘿！我一定要抓住你！我的英名，我父亲、爷爷的英名不能就这样毁了！他策动马鞭，飞快地追了上去……

它已经听见对手那紧迫的追赶声了。怎么办？难道自己就永远也逃不脱人类的追杀和被烙上屈辱印记的命运吗？它毅然转身向喀斯那亚山而去——它不能回到那片胡杨林里，因为那里面还藏着它的儿子……

见它冲出了山林，他更加迅速地策动马鞭，催动着追了上去……

两个生灵遇川过川，碰涧跨涧。峰回路转不知历经多少周折。终于，他离它越来越近了。一阵阵狂喜涌上心头，他又抽了几鞭子，黑走马猛提精神，向它疾速靠了过去。

就在他离它相距三步之际，他倏然腾身一跃，从黑走马身上飞起，猛地向前一扑，轻轻地落在了它的身上。

而他们的前面二十米处，则是一个千丈大断崖！

它绝望而又略带希望地长啸了一声，疾步向

前，面对浩浩的蔚蓝之天空，跃进了这满山的苍翠里……奔向那一轮自由的红艳艳的太阳！

而一大群野鸽，惊慌地飞了起来，在他和它粉身碎骨的山林上空滑翔……时不时为他和它的命运而鸣叫不止……

太阳沉重地跌入了地平线……

五

黄昏。

那头独眼岩羊王领着君玛德力的几百只羊，向远方暮色火烧处行进。岩羊王终于实现了它的梦想：使那些早已被人驯化了的可悲的同类们，做一次大自然的回归……

努尔古丽怀抱着儿子海萨尔，任野风吹散长发。她目送着那群她根本不可能阻挡住的远去的羊群，喃喃地对怀里的儿子说：

"快快长大吧……儿子……"

而在那片寂寞、恐怖的胡杨林里，那匹野马的后代——这小野马长得跟父亲一模一样，也正在孤独但却顽强地长大。

生命的足音

一

当他偶然发现那一双手电筒般的眼睛从一块岩石后贪婪而又热烈窥探他的眼睛时,不禁打了一个冷战。

这是炎黄生命中第几次打这样有关生和死的冷战,他已经记不清了。

他闭上眼睛，让身体内骤然沸腾而起的血液归于平静。继而他又睁开眼向上望去：头戴永恒的冰冷的白色王冠的汗腾格里峰依然高高在上。这个时候正是夕阳西下，在这样四五千米的山腰间能抚摸到那胭脂般的阳光。

炎黄竭力让自己不去想那双眼睛。他不知怎的突然又兴奋起来。自己眼前的积雪和千百年堆积而成的冰层，此刻被太阳镀上了一层瑰丽的色彩。那种晶莹、玲珑剔透的五彩，在他的眼前展现出一幅无比美妙的清纯的画面。忽然，一种圣洁的音乐在他的胸腔里回响起来。啊，多么美妙的世界，多么美妙的人生！

他卸下那沉重的背包，心想可以做饭了。他支起充气帐篷，用特制的炉子烧开了水——八十摄氏度，将肉罐头熬了熬，就狼吞虎咽地吃了起来。匆匆地吃了饭，他从背包中掏出一面镜子，梳着自己

那四面飞扬的长发。

那双眼睛已经离去了。他想:"它还会继续跟踪我吗?"他下意识地摸了摸那杆双筒猎枪,后悔没听在他刚进山时那位哈萨克牧人对他说的话——多带几发子弹。因为他嫌那金属玩意儿太沉了。两天前,他开始爬这座山的时候,就已经用掉了六发子弹——为了打松鸡和雪兔。现在只剩下四发子弹了。而那双很不友善的眼睛又时时威胁着自己。他收拾好东西,将帐篷放了气,叠成像手提包般大小装进了背包,又继续前进了。

雪山上冷气四溢。炎黄裹了裹自己的登山服,听着碎冰在自己脚下发出痛苦的碎裂声,心中充溢着自豪——他脚下的山体以前还没有人类从这里走过呢。他知道正是这种自豪感使得他征服了一座又一座高山——包括从北坡登上珠穆朗玛峰,当然,那一次是与别的人一同登的。而这一次是他一个人,独自向横亘中国大西北的天山山脉主峰之一——汗腾格里峰峰顶进发!

一阵小风吹过,他愣了一下——他闻到了一种清香,这清香是那样的纯净,带着淡淡的甜味。他寻找了片刻,这才发现在一块黑色冰岩的夹缝间,长着一朵白色的花——雪莲。正是这尤物在向这个世界散发着它的清香。炎黄小心翼翼地采下了那朵雪莲——他准备将之作为纪念礼物送给年迈的母亲。当然,这要在他胜利地征服这座海拔6995米的山峰以后。

天色昏暗下来。天边仿佛是一块藏青色的古玉,而那太阳已沉了下去,为明天再次复出进行新的积累——人类就在太阳更新的过程中,孤独而寂寞地长大着,炎黄想。

他发觉该找个地方休息了。在一个山凹处,他再次支起了帐篷。一切弄妥当,他打亮手电,钻进

母狼布兰基

去，轻轻铺开日记本，用那支铅笔写了起来。

这个时候，许多往事快镜头般地从他的脑际一一闪过。他的心头倏忽间泛起一种暖暖的东西，跋涉之旅是充满着艰辛、痛苦、希望和再生的，就像他的历史。有时候，他感到自己仿佛已成长了五千年。而面对那冷傲的未知的高峰，他还需要坚韧地攀登，跋涉……

突然，一种奇异的怪响把他从遐思中惊醒。他立即操起那杆双筒猎枪上好子弹，紧张地听着帐篷外的声响……

它小心翼翼地向那座乳黄色的小帐篷走去，它尽量让自己的脚步放得轻一些，从而避免发出响声惊动敌手。

有一线白色光从那帐篷中流泻出来，投射在它认为属于它的领地上。它探出爪子，狠狠地抓扯着射在地面上的灯光——它多么仇恨这灯光蛮横霸占它的领地啊！然而无济于事，它的爪子已经将冰面抓出一个小坑了，那光依然不友好地待在原地，这叫它更有些心惊肉跳和义愤填膺。

它是一只中亚细亚高山冰川所特有的雪豹，皮色浅黄，上面布满了狰狞的不太明显的图案。强健的四肢支撑着一个威武的庞大身躯，以其所占据的空间，向雪山冰川辐射傲然。从什么时候起它就开始憎恨人类了呢？它自己也说不清楚。多少次它立于冰崖之上，向远在山脚的人类群居之城市眺望——那里楼厦林立，高耸的烟囱向大自然喷吐乌黑的宣言，它就咆哮起来："人啊！你们侵占了平原和低丘，侵占了湖泊和洼地，侵吞了绿洲和森林——还不算，你们又一次次地在我祖祖辈辈生活于此的土地上落下你们傲然的脚印，来证明你们才是世界上的真正君王。不！我决不屈服和妥协！"

它想着,喉咙里滚过一阵低沉的雷声,它的眼睛里喷出了"火焰"!它一步步地向那座小帐篷走去。

月亮停悬于中天,以其光辉沐浴着这个令它感到无比美好、却又寒冷异常的世界。它停下脚步,无比慈爱地环视着周围——一切都令它感到那么亲切。在那一瞬间,它的心头闪过这片土地春、夏、秋、冬各个季节所呈现出的最美好的景象。这个庞然大物的眼睛里涌出了一些湿湿的东西——那被人类称之为眼泪的东西。而此际,却有世世代代同它们豹类相搏斗的人类中的一员,公然地躺在它的领土上呼吸……它已经跟了他整整一天了,但是他背上的那杆枪——它早已领略过那玩意儿的威力——那是三年前的事儿了,那杆枪使得它立即丧失了理智,以至于没能在阳光下向敌人猛扑过去。

它将前腿一屈,趴了下来,并且将耳朵贴到地面上,倾听着距离它十米左右的那座帐篷中发出的声响。

立刻有一种细碎的声响在它耳际回响,那声音仿佛是在示威,又仿佛是在嘲笑着它的胆小和无能,它再也不能抑制自己了,它大吼一声,向帐篷扑去。只一纵就扑到了帐篷前。它将前爪向前猛一探,只听刺啦一声响,那帐篷就被它抓破了。

也就是在这个时候,只听砰砰两声枪响,它猛然觉得自己的左前腿上一震,接着又有一股热乎乎的东西流了出来。紧跟着一阵巨大的疼痛,继而蔓延到整个身体,冲击着它的脑神经。它又大吼一声,转身快速逃去……

他慢慢地从地上爬起来。身上那几片泄了气的充气帐篷飘然落地,他咕噜着骂了几句,又压上两颗子弹——这是最后的两颗子弹了。他慢慢向前走了几步,发现在月光的照射下,那只雪豹已经逃走

了。雪地上有几处暗黑色的东西，炎黄不由得心头滚着一阵狂喜——看来它被打中了。可打到哪个部位了呢？是轻，还是重？他又紧走了几步，转过一处山坳，睁大眼睛搜寻着——哪里有它的身影？

远处是一片迷蒙的幽深。山脚下的林涛声澎湃不止，显示着一种恐惧。他感到有一种生命的困惑，顷刻间在他周围弥漫开来。他生平第一次感到了一种旷世的孤独！

是啊！自己一次次向高山进击，攀登，不就为了证明人的伟大与不可战胜吗！什么样的困难自己都曾遇到过。风骤然大了，吹起了积于地面的一些雪花，有一些雪花落进了他的脖子里，慢慢融化，变成了水滴。先把这一夜对付过去，其他的，等明天一大早太阳出来后再说吧。他这样想着，又回到原地，将能穿在身上的全部穿了起来，提着那杆枪，找到了一个背风的岩块凹处，躺了下来……

二

他突然被一阵巨响惊醒了。眼睛睁开看了许久，才发觉还在半夜里。他感到浑身上下冷极了。天空中一片迷雾，而那巨响正是雪崩的声音！这个时候天空阴暗，狂乱的风在所有的空间里闯荡厮杀。漫天飞着大雪。他感到每一个毛孔都在往外排出热量——他简直受不了了！

猛然间一阵揪心的沉痛感让他变得清醒起来。他开始考虑自己的抉择是否正确，还有两千米的路程——所带的粮也不多了。还能坚持爬到峰顶吗？他有些后悔了。耳际依然回响着风的巨大的声响——它代表着冰冷、恐怖和死亡。而自己不正是一步一步地主动地走向它们吗？这难道不是一种自杀吗？自己干吗要离开家庭、离开父母去爬这鬼山？"天哪，我怎么会为自己的抉择产生这种懊悔情绪？这是怎么啦？难道我真的怕死了吗？难道我真的将

会是一个走回头路的,叫所有的勇士们耻笑的懦夫吗?不!"炎黄又一下子坚定地咬紧了牙关。他又将所有可能覆盖自己的东西盖在身上,活动着睡袋里的四肢——这样能使自己免于冻伤。

忽然,他又听到一阵低沉的吼声。这吼声具有着那么深的威慑力和震撼力。炎黄感到有些害怕了,他忙摸索着找到那支猎枪。这是那只雪豹发出的。它还在寻找自己。它不是已经受伤了吗?看来它并没有受多大的伤,只是点轻伤,触及点皮毛。这真是自己的一大威胁啊!

不知过了多久,雪突然停了。月亮又从云层后阴沉地踱了出来,冷冷地注视着他。霎时,炎黄看见就在对面的一座冰峰的峰顶,那只雪豹——它那暗色的身影,如雕石般凝立于冰峰之上——它就是以那样的姿态在向冰山、向月亮、向大自然倾吐着它的心曲!猛然间,又一阵低沉的豹吼声如闷雷般滚了过去。这声音在空气中震荡着。忽然又有一种断裂声随着这吼声一起响了起来，炎黄抬头望去，一下子惊呆了！自己的上方一大片突出的山体，由于受了声音、风力的震荡，正吱吱地发出断开的响声，眼看就要发生大雪崩了！

炎黄呆了足足有三秒钟，而后，从睡袋中一跃蹿出，将身体抱成一团，向山的左下方跑去，由于惯性，他跑得飞快，一下子跌倒了，就向山下滚去……幸亏他向山体的左侧逃去，而那场规模不大的雪崩正面向山下奔去，大块大块的雪疙瘩轰隆隆带着巨响以冲垮一切的气势，排山倒海般向山下冲出。

扬起的雪雾登时弥漫起来，组成了一片迷蒙的大网。炎黄正要庆幸自己躲开了这一场劫难，突然有一块方桌般大的雪块呼啸着砸在了他的身上，他"啊"了一声就倒了下去……

母狼布兰基

许久,他慢慢地醒了过来。一切都变得平静了,静得仿佛只有他的心跳。他挣扎着爬了起来。真好!自己刚才慌忙中奋力向山下推去的大背包居然安然地躺在自己的身边。忽然他又感觉到有些异样,这使得他把目光转向了自己的左脚。天哪!自己那双登山鞋不知怎么裂开了个大口子,自己的左脚有三个脚趾头都露在外面。他有些担心,就试着站立起来,向前用力走了一步,不料,一下子就跌倒了。一阵钻心的剧痛叫他明白了:自己左脚上的三个脚趾头已经不顶事了——它们脱落了。他摸索着打开背包,取出一些药品,仔细地包扎好脚。喘了一会儿气,他又开始思索起来:"自己的左脚算完了,只剩两个指头了。这是怎么搞的!难道这就是上天对我这次行动的警告吗?不!我不能屈服!不能!"想到这儿,一股沸腾的热血又点燃了他奋发向上的强烈的欲望。他有些颤抖地把那三个脚趾头放进自己的衣袋，拍了拍，满脸悲壮。他面对着东方，久久地沉默着，思考着。

不知不觉的，东方露出了鱼肚白。

三

炎黄决定继续攀登。还有一千多米的高度，这个时候太阳已经完全升起来了。它以它巨大的热能让这个世界变得纯净了许多。炎黄想法子又缝好了登山鞋，匆匆吃了些压缩干粮，又开始继续攀登了。

清晨的空气叫他感觉异常舒畅。他走着走着，忽然就大声唱起歌来。这是一首他母亲教给他的民歌。歌声四下散开去，声波在山谷间回荡。那种可以征服一切的自豪感重新又在他的心头复苏了。

他感到有些气喘，就停下脚步。这个时候他正站在一块巨大的山体凸出处。他向远方眺望，千百朵悠然的白云轻淡地在他的眼前浮动，而在右下方，

那一片闪着亮的该是一个湖吧?他看了一下地理方位,最后肯定下来,那已是如今在吉尔吉斯斯坦境内的伊塞克湖,这使他联想到湖面轻轻扬起的薄雾,联想起鱼儿跃出湖面所溅起的明亮的水花,联想到湖边的辛勤的人们,织着渔网唱着美丽的歌……生活真该被大声赞美才对啊!

他又继续攀登了……他仿佛已经看到了自己傲然地立于这绵亘七千多米天山主峰上的青春的姿态……

就这样一直到下午了。他感到左腿又酸又疼,这才决定再次休整一下。他拿出了备用的充气帐篷,吃了些干粮。

突然间,远处一阵长嗥声闷闷地传了过来。炎黄一惊——猎枪不见了!对了,在昨夜发生的那次雪崩中给遗失了,这可怎么好啊!

那吼声昂扬、激奋。由于这吼声的震动,远处接连响起了巨大的雪崩的声音。在高山多积雪处，稍有响动就会使空气振动，从而引起雪崩。炎黄的脚心有点儿发凉——他预感到了什么。

当天色又暗了一些的时候，起风了。这风起初很小，渐渐地变得粗暴和有力。雪山上的风就像是千万把冰冷的刀子一样，叫所有的生命忍受其无休止的削刮。炎黄此时正栖息在一个背风的山坳处，突然一阵猛烈的风一下子将他的最后一块帐篷给扯走了。眼见他的帐篷像布片一样地呼啦啦一下子就消失在一片阴影里，而他也猛的像被谁扯去了遮羞布。

他的心情一下子沉重了。他刚刚起身，又一阵猛烈的风吹了起来。他一下子向前倒去，慌忙中他抱住了一块凸出的冰岩——而他的脚却寻找不到支点！

眼看着他所抱着的冰岩由于承受不了他那一百

多斤的重量而开始松动时,他一下子有些相信命运了。也就是在他的脑海里升腾起一阵黄色烟雾的同时,他连同那咔嚓断裂的冰岩一同向山下滚去!

"啊——!"山谷间在他往下滚的同时回响起了这一声痛苦的惨叫!

……慢慢地,他睁开了眼睛,眼前是些什么?怎么一片金花在闪耀!他强撑着遍体鳞伤的身体靠在了一块岩石上。还好,才往下滚了几十米就被这一片缓坡上的岩石群给挡住了。这么说自己又有救了。这时风又吹得大了起来,它那一种尖利的恐怖的声音,使得炎黄的气喘又急促了起来。他觉得自己的身上又少了点什么。当他哆嗦着用有点发僵的手摸到脑袋上时,他又猛地一震——天哪!自己的两只耳朵不知道哪里去了!他一下子晕了过去。

……良久,他才醒了过来。完了!这次算是彻底完了。耳朵和脚趾竟在两天中接连都丢失了。自己真是背了运。他的心头闪现出母亲的那一头白发。他的脑海此时正进行着强烈的斗争——是继续攀登还是走回头路?这真是一生中碰到的最难的一道题了。

风还是那样大。只一会儿,他的身上就被覆盖上了一层冰霜。而此际有一种寒冷也正侵蚀着他的心——那里曾沸腾着多么滚烫的鲜血啊!

终于他决定回头了。面对着这永远保持冷漠的雪山,面对那一直伴随着他的雪豹的吼声,他不得不做出这样违心的决定。

客观条件有时是影响一个人一生的。哪怕这个人有多么高的智慧和胆魄都无济于事。他一下子站了起来,继而又狠狠地向冰层上猛砸了一拳。他在心里说:"你等着,汗腾格里峰,我终将会征服你的!"

他开始依着月光,摸索着艰难地下山了。这个

时候突然风平浪静，静得几乎能听到他的眼泪落到冰层上破裂的声音。

四

又是清晨。

它抖了抖身体一下子跃上一块岩石，像平常那样巡视自己的领地——它每天都这样用目光抚摸一遍它的领地，因为这样做使得它充满着自豪和骄傲。

突然间它愣住了——在它对面的那一片陡峭的山崖正中，挂着一个黑影，在阳光的照射下，它看出那人正是它连着追杀了两天的炎黄！它一下子明白是怎么一回事儿了——他被冻死在这冰川上了。

它第一次充满敬畏地正视着它的对手。因为他再也不能扣动扳机了。它看见炎黄的四肢展开，齐展展地挂在那面光滑的冰壁上。他的头发在微风的吹拂下轻轻地拂动着。他那凸出的前额依然坚挺，反映着太阳的光芒……他的眼睛是睁着的——他至死都不想向雪山屈服!而他的左手中,却分明攥着一朵雪莲花!

这一切它看得十分清楚。它似乎感到了内心的震动。

它将脖颈高高扬起,也就是在此同时,它的喉咙里滚出来了一阵闷雷般的吼声。这吼声立刻在四面冰山上撞击和回荡。有一群野鸟受了惊吓,呼啦啦地飞了起来……猛然间,只见挂着炎黄的那面冰崖开始在它的视网膜上晃动起来,接着一阵阵刺耳的喀嚓声使它明白了将要发生什么——那半个山体连同炎黄的身体一同倒了下来!

轰隆隆一阵巨响,那座山崩塌摧垮了。它依旧站着没动,而在它的面前,那座小山不见了,耸立起来的却是一座坟墓般的山包!难道这就是雪山给炎黄所筑造的坟墓吗?它默默注视了好久。

一切又重新明亮了起来。远处,又有一座雪山带着闪雷般的巨响,倒了下来。而炎黄留在冰川上的脚印,在太阳的照射下,越发光彩熠熠。

大地守夜人

父亲说,大地上有一种被称作守夜人的人。每当黑夜从大地上升起,黑夜像墨汁一样染黑了所有的阳光、道路、田野、人群和楼厦,那些守夜人就会飞在空中,守卫在梦中碰见了蛛网和找不到家的人。

我在大地上行走与成长,我在与大地的对话中认识世界。我父亲是个筑路工人,每年他总是随同筑路大军出发,车轮滚动伴随着灰尘滚滚,到几百公里以外的地方去修路,并且在那里安营扎寨几个月。

母狼布兰基

因此我在长达几个月的时间里，在黑夜里没有爸爸的守护。我是个胆小鬼，到十二岁了，还不敢一个人睡一张床，我总要睡在爸爸的脚旁才能做梦。在白天，当我走在小城镇中，抬头仰望遥远的戴着冰冠的西天山，我的心中总是涌动着与大地亲和的激情。没有爸爸在身边的日子我多么恐惧呀，恐惧黑夜。在黑夜中，任何一种声响，任何一种物体的影子都会变成魔鬼，企图把我从房间里拉走，继而把我吃掉。我是一个害怕黑夜的人！

尽管爸爸给我讲了那些看不见的大地守夜人，我仍然害怕黑夜。每当夜幕降临，母亲和妹妹在另一间屋子里睡下，我都会钻进被窝，恐惧地睁大眼睛，听着四周发出的任何一种声响。我听到了墙皮脱落的声音，就猜想一定有一只手从墙壁中伸出来，我甚至听见木制家具在轻轻地裂开，也许有无数只小虫子就要从中跳出来了，我还看见窗外一棵树的

而到了白天,世界就变得万般可爱了。我可以爬上树去采榆钱,我可以在高得仿佛钻入了云霄的白杨树上掏鸟窝,我是个"野孩子",在没有爸爸管我的时候,我还喜欢凝望远处寺顶上那一弯铁制新月而陷入沉思。

影子被月光映照在我床头的墙壁上,看上去就像是一个阴沉的人站在我的床边注视着我,他的眼睛却是白色的。我还听见蚊子在半空滑过,那是鬼魂在用手拍向我的脸吗?墙角上,蛛网在轻轻飘动,如同鬼的衣裳。我总是要在恐惧万分的奇思怪想之中缓缓入睡。

而到了白天,世界就变得万般可爱了。我可以爬上树去采榆钱,我可以在高得仿佛钻入了云霄的白杨树上掏鸟窝,我是个"野孩子",在没有爸爸管我的时候,我还喜欢凝望远处寺顶上那一弯铁制新月而陷入沉思。在那个春天,白天和夜晚对于我来说是完全分裂的。我每天都能听到我体内生长的哔剥哔剥的拔节声,我甚至还以为我就是用食盐和水做的鬼。要不为什么吃完东西,我的身体总要把盐和水留于其中?那个春天,我的心在古怪地跳动,我比以往更多了些对黑夜的敏感,对成长的疑惧。

我突然发现我的胸乳处有两个肿块，一边一个，一碰就疼得要命，而且我的唇上似乎长出了胡子，我的胯下——我羞于谈到那里，从那个春天开始也在长着黄色的绒毛，一根又一根地在逐渐变黑。我突然明白我已与童年告别，我即将长大。我感到了惆怅和失落，拥着被子坐在床上，我的呼吸急促，望着灰暗的凌晨的窗外天色，我仿佛看见了什么鸟儿，呼啦啦地在空中飞过。那些大地守夜人似乎带着他们窥探到的秘密，带着黎明要来到的消息，缓缓地隐入天空。

父亲在千里之外坚韧地和其他的男人们在把路修向更远的地方，我在家里长大着，由十二岁向十三岁顽强进军。我仍然对黑夜充满了敬畏和恐惧，我仍然从不在黑夜出门。但是，我发现我绝望地喜欢上了我的一个女同学。

她是一个回族姑娘，长得很像古代的波斯美女，一身的妖媚气息。她非常会打扮，经常在小耳朵上夹上一朵野花，让我忍不住就想摘下来。她还会用一种叫伊斯玛的草，把十个手指的指甲都染得红红的，她的手在空中轻轻抖动着，仿佛一朵红色的花在慢慢盛开了。我就喜欢她一副高傲的架势，而且她的学习在班上也是顶呱呱的。我发现她知道我在痴痴地观察着她，她也总是对我报以轻蔑的一瞥，告诉我不要痴心妄想。

有一天为了讨好她，我掏了一窝没长毛的小麻雀送给她做礼物，可她看了一眼那些红色的光着屁股在纸盒子里乱撞的小东西，撇了撇嘴说："有老麻雀才叫有趣呢。你为什么不掏它们一家子给我？老麻雀呢？"

"老，老麻雀在白天出去觅食了，不回家。"我嚅嚅地说。

"笨蛋！你不会在天黑了去掏呀！天黑了老麻雀

母狼布兰基

肯定是要回家的。真笨。"

我满头都是晶亮的小汗珠,我说:"我害怕……害怕黑夜,我……"

她一下子笑了,轻蔑地笑了:"胆小鬼。"她推开我手中捧着的装麻雀的纸盒子:"有老麻雀我才要呢。"她说完,拉着老和她在一起的,长了一脸雀斑的同伴齐红跑远了。

我想十二岁那年的春天我也许还不知道什么叫做失恋,但我分别已感受到了痛苦。痛苦像虫子一样咬着我,黑夜的幕布降临,我龟缩在被子里瑟瑟发抖。我在心里呼唤父亲,问他为什么不回来?我不敢走到黑夜里去,更没法为米兰——我喜欢的那个刁钻女孩去掏一窝带父母的麻雀。我有点儿憎恨米兰,尽管她有一个好听的名字,可她仍叫我痛苦得像一条狗。我听见所有的精灵都复活了,都在黑暗的大地上悬浮与飞舞,包括所有的幽灵,黑夜是他们的节日，可没有父亲在身边，那些我看不见的大地守夜人会保护我吗？

有一天下课后，米兰走到我的桌子面前，俯下身子对我说："胆小鬼，今天晚上我在大操场上等你，你敢来吗？"我闻见了她吹气如兰的气息，我看见她美丽的眼睛里闪耀着的挑战、期待、蔑视、鼓舞与恶毒综合起来的东西，我想了想，说："好吧。我……一定来。"

她笑了起来，娇媚地看了我一眼，拉着齐红的手，跑出教室踢毽子去了。

而我却陷入了一种深深的忐忑之中。我敢在黑夜的大地上行走吗？而不敢在黑夜的大地上走动，就不配得到米兰的心，不配得到她的信任，就再也无法靠近她了！她向我发出了邀请，同时也是向我发出了挑战。我应该勇敢些，我想，像我爸爸那样勇敢，从不惧怕黑夜，把路在黑夜里也能铺得笔直，

母狼布兰基

铺向没有人的远方。

黑夜降临了。我的心像大钟一样也沉重地坠了下来。吃过晚饭，我心事重重地看着渐深的暮色，我妈喊我我也听不见。夜幕掩盖了一切，我也走出了门。

我觉得我的步子很轻。我能听见此刻所有的鬼魂都在黑暗处议论我，我走得又僵又硬。但少年的血在我心中涌动，我为什么不敢在夜里行走？我就这样穿行在黑夜里，我僵直地来到了黑暗无人的大操场，我的头发都竖起来了。黑夜像陷阱，黑夜像魔鬼的胃，我现在感到害怕了。我沿着四百米的跑道一边走一边喊："米兰，米兰，你在哪里？"

没有人答应我，我的步子加快了，我的心跳得像青蛙，一不小心绊了一个跟头，我哭了，我大声喊："米兰米兰你在哪里？我害怕，米兰，你出来呀，出来呀！"我哭得不顾羞耻，我知道我还尿了裤子，我一边哭喊着一边跌撞着向家跑去。米兰欺骗了我，她让黑夜这个魔鬼的嘴巴咬住了我，我回到家里时浑身像筛糠一样颤抖，我的心凉凉的，好像很多东西都碎了。

我在第二天去上学的时候决定再也不去理会米兰了。她伤害了我，刺伤了我的全部的自尊心。在课间操时我看见她向我走来，我赶紧避开了，她追了上来："你站住！我有话对你讲。"她的声音中带着严厉的请求。

我站住了。她站到了我对面，我这才发现她有一双淡灰色的美丽眼珠。"我昨天去了大操场，我一直躲在黑暗里，可是你却哭了，你被黑夜吓哭了。于是我就没有喊你。我想你真是一个胆小鬼。"她用她那双美丽的波斯猫眼看着我，"真的，什么时候你敢在夜里为我掏上一窝老麻雀，我就会和你做朋友。我不喜欢胆小鬼，你明白吗？"她认真而严

母狼布兰基

肃地把手搭在我的肩膀上。我羞愧极了，我用力地点了点头。

那些大地守夜人，你们在哪里？当黑夜的边缘纷纷亮起了鬼怪的磷火，你们在哪里守卫着我蛛网横陈的梦？我从黑暗中惊醒，拥被而坐，我还没有长大，我也许永远都不会像我的父亲一样那么勇敢，那么强大。我听着黑夜中的千万种声音，心在古怪地跳着。我多么喜欢米兰月亮一样的脸啊，可我是个胆小鬼，我为什么这么惧怕黑夜？大地守夜人，你们是一种什么样的人？当潮气从大地上升起，黑暗里响起了蛙鸣，你们从哪一棵树的背后飞出，去保护小孩的睡梦？你们是不存在的，你们从来就没有守卫过我的梦，我在黑暗之中依然害怕，我是个胆小的人，我连给自己心爱的姑娘掏一窝鸟儿都不敢，全是因为黑夜，大地和太阳，你们为什么用白昼和黑夜来瓜分一天？为什么会有黑夜？它会永远伴随着我吗？我倾听着体内熊熊的燃烧着的火焰，在被窝里把拳头捏紧。父亲为什么还不回来？

春天过去了，夏天和蝉鸣一起拥至，夏天过去了，秋天被大雁的叫声驮来。依旧有白昼和黑夜的交替，我依旧害怕深夜出门。米兰一直期待着我，她长得更俊俏了，我们又大了一岁。我仍一天比一天长大，变得俊美，可我的胆子却依旧很小。我害怕黑夜里所有的气息。

有一天晚上，劳累了一天的母亲忽然从床上坐起来，她对我说："你父亲今天要回来了！他要回来了。"快，冬子，你去接接他！"

可现在是黑夜呀，我想。但是我勇敢的父亲回来了，我立刻增添了无穷的勇气。我披上衣服出了门。黑夜真柔软啊，走在夜里就像是走在沙子上面，我满心欢乐，内心亮起了一盏小灯。我沿着漆黑的公路朝前走，朝父亲他们大队人马回来的方向走。

母狼布兰基

我体内的水在轻晃。我有些发抖。很多手在扯我的衣服。你们不要动,我去接我的父亲,他回来了,他会打你们的。我忽然听见头顶上有一些鸟儿在扑棱棱飞过,我想起了关于米兰要的那一窝麻雀。我看见路两边全都是很高的白杨树。麻雀们就把窝垒在最高的地方。我开始爬树了,很多手在扯着我,我不去管它,我有些害怕,但我已经爬了上去,我用帽子猛地盖住鸟窝,我听见老麻雀在扑棱棱扇动着翅膀,我终于掏到一窝完整的麻雀啦!我想起了米兰的淡灰色的眼珠,我自豪地想:明天她还会轻蔑地拒绝我吗?

我走在黑暗里,黑夜铺在大地上。到处都是鬼火和幽灵在飘动,我双手捧着鸟儿向前走,父亲我来接你了,我这是第一次没有你在身边,敢于一个人在夜里走,那么多的手在拉我,我想哭。怎么下起雨来了?雨滴大得像黄豆,砸在脑袋上很疼很疼。

我跌了一跤，一只鸟飞跑了，我叫了起来。雨越下越大，我在雨中狂奔起来。公路上响起了密集的雨滴声，也许是鬼魂在为我鼓掌，我又跌了一跤，剩下的鸟儿全飞跑了，我的帽子在哪里？全身都湿透了，我哭了起来，我没法不哭。我恐惧起来。四周没有一个人，没有一点儿灯光，只有我一个人被大雨冲刷着，我今年十三岁，深夜出来接我的父亲。我爱我的父亲，他是个筑路工人，通常一年只在家待三个月。我害怕极了，我在雨中飞奔。

这时，我忽然听到一个声音在半空中对我说："孩子，慢些跑，别怕，慢些跑，要不，你会摔跤的。"

"你是谁？"我仰起脸问。风把雨吹到我脸上，我看见的只是无边的黑夜。

"我是大地守夜人，我的责任是看好那些夜晚离开家的人、老年人、青年人、少年和儿童。我要

保护你。请你慢慢走。别怕,别怕。"

"我不怕。"我说。我高兴了起来。我的步子不快不慢,我大步地走着,内心所有的恐惧感都没有了。我听见大地守夜人对我说话了,说明他们是存在的,虽然我看不见他。现在我看见前面有灯光,有长长的,长长的一列车亮着灯,沿着公路开了回来。我知道那是父亲他们的车队,我站在路的中央,雨水哗哗顺着我的脖子往下流。黑夜真黑啊,但是有大地守夜人,我一点儿也不怕,汽车灯照见了我。"什么人?"他们问。

"爸爸,我来接你了!"我大声喊。

他们有人下了车,朝我飞奔过来。我认出来他们是我爸爸的同事。我看见所有的车都停下来,都在黑暗的雨幕中亮着灯,像是一条长龙。有一个叔叔走到我身边,给我披上了雨衣。

"我爸爸呢?"

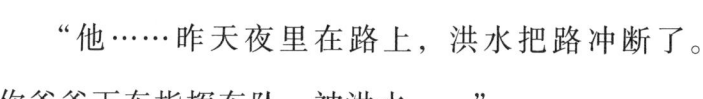

"他……昨天夜里在路上,洪水把路冲断了。你爸爸下车指挥车队,被洪水……"

"爸爸!"我在黑夜里大声呼喊着,我听见所有的黑夜鬼魂都已离去。"爸爸!我来接你啦!"我甩开了那个叔叔,扔掉了雨衣,沿着车队一步步向前走,我经过每一辆车都喊了一声,所有的车都开着灯,所有的车都沉默着,我就这样大声地喊着,一直到了车队的尾部。我听见大地守夜人在夜空中悄然离去的声音。我站在那里,面对着广袤的黑暗,突然意识到,我再也没有爸爸了。我站在那里止住了哭声。我想,也许那个刚才在我耳边说话的大地守夜人,就是我父亲?

我的父亲成了大地守夜人,在我十三岁那一年。从那一年起,我不再惧怕黑夜,我开始像一匹黑马一样成长,并且在黑夜大地上飞驰起来。

母狼布兰基

归　宿

　　加里受伤了，而且很重。左翅膀上的好几根粗大的、强有力的羽毛已被扯掉。这伤是昨天加里同一只野兔搏斗时留下的。右翅膀的根部也疼得要命，这是前天与另一只银雕争夺一只紫貂时受的伤。

　　这是东北大森林的冬季。加里已经整整一天没吃东西了。莽莽森林处在一片白雪覆盖之中，供加里食用的猎物已在接连一星期的狂风暴雪中死的死、逃的逃了。至少，在加里的活动范围内，已经基本上没有什么猎物能供给它了。七天来，加里只吃了三只疲惫不堪、但仍十分强悍的野兔。而现在，由于饥饿而引起的阵阵肠绞痛，使得它不得不在空中连续地做着滚翻动作。少了几根强有力的羽毛的左翅膀，也越来越沉重，竭力地把加里往下拽、往下拽……

　　加里是一只只有北国奇寒之地才有的银雕，双翅在空中展开有一米长，头如金钟，眼似牛铃，一弯尖利至极的嘴能把虎、豹、狼、熊的皮生生啄烂！它还能把一只肥大的羊叼到高高的半空中。由于恶劣环境的影响和它生存条件的造就，才使得加里具有一个这样强健的值得它骄傲的体魄。为了生存！而渴望生存却是每一个来到这个世界的生物的最基本的要求！

　　它奋力地扇动着翅膀，竭力使自己的身体平衡。终于，当它几乎是耗尽了全部力量的时候，这个目

的达到了,它又开始平稳地在森林上空滑翔,用它那锐利而冷酷的双眼在迅飞之际扫视着森林的空隙,希望能发现可以供给它热量并促使它继续活下去的东西。

它飞快地掠着巨大的红松、白桦的顶端飞翔,在林间搜寻着……在掠过一大片红松林之后,前面出现一个小小的山谷。这个山谷的坡度很平缓,不知是由于大自然的还是人为的造就,竟然没生一棵树,一层又白又厚又虚的雪将这一片严实地覆盖,在斜阳的照耀下发出令加里头晕目眩的白光。

然而就在它发现这个山谷的同时,一只黑影也同时跃入它的眼帘!于是,一阵狂烈的心跳和激动使它眼前的影子模糊起来。然而片刻之后,由于饥饿而引起的更加激烈的肠绞痛已替代了发现猎物的激动的感觉,它的双眼立即冷漠、清楚起来,这时它看清了,眼前正瘸着腿走路的东西是一只狼!

这是一只地道的东北雪原狼！一双直耸的长而尖的大耳朵机灵地左转右转，倾听着周围发出的有利于它的肠胃活动的声音，一条血红血红的舌头耷拉出三寸多长，呼呼地喷着白泡，露出了经过无数次血与肉的洗礼而变得白里透紫的牙齿，在满地银雪的映射下显得更加阴森和惨白，一双闪着阴险、狡诈的贼光的眼，随着头的左右转动而左右窥视，生怕哪棵大树后面冷不丁蹿出一只大黑熊或是一只健全但饥饿的同类来要了它的命。一条瘸了的后左腿耷拉着，被另外三只腿拖着前进，这已成为它今后猎取食物的最大障碍。不仅如此，而且还是它能否延长自己生命的真正障碍！这是三天前与一只大黑熊搏斗时留下的"光荣"标记。然而它并不以为这是很光荣的，相反，它倒为有着这样的标记而感到害怕和羞耻。假如世上真有后悔药的话，它一定会毫不犹豫地、不打折扣地吃下去！连它自己都不

母狼布兰基

明白是不是吃错了东西，竟去触犯一只大得要命的黑熊！就是现在，伴着它狼狈心情出现的正是这种无限的懊恼与悔恨！

这时，它那只经历了无数次劫难而仍旧幸存的耳朵突然捕捉到一种奇妙的信息！这信息促使它的内心激烈地慌张起来并转过头去，然而真正要命的是，确实正有一种巨大的灾难向它袭来——一只巨大的银雕——加里正以迅雷不及掩耳之势扑了过来！

在这一霎，这只东北雪原狼本能地一个滚翻，已然躺倒在地，在加里掠过的一瞬间，用它那三只幸存的锐利的爪子猛地向上一抓，只听得一声银雕的长唳，片片灰色的羽毛从天上飘飘然地落了下来。当瘸腿狼正要为自己第一个回合的胜利而暗暗自喜的时候，突然一阵激烈的疼痛使它不禁哆嗦起来，它这才发现，自己幸存的三条好腿上均被加里用它那尖利的双爪抓出了几条血淋淋的印痕，鲜血正汩汩地冒出来，并且在朔风的刺激下引起了它全身的抽搐，于是胜利的鸣鸣声立即被诅咒所代替。它恶狠狠地向天空中望去，只见加里正盘旋着飞翔，绕着它伺机进击。当瘸腿狼发现那只银雕的胸部已出现了一片殷红时，那狠毒的心里多多少少地有了一丝欣慰。

加里在空中盘旋着，方才在扑击那支瘸腿狼时，那只狼的爪子猛烈地击在了它的前胸，并把它的胸膛抓得血肉模糊，使它那发现猎物的激动与狂喜消减得所剩无几。它非常清楚，今天不是它成了瘸腿狼的美餐，就是瘸腿狼成了它的猎物。这可是一场生死攸关的战斗！为了生存！而所有的动物为了生存的准则是：吃掉对方！

可加里面对的猎物是那样的强悍凶猛。看来得智取了。加里盘旋着，心中谋算着如何才能捕住对

方。突然，它的眼睛一亮：只有在瘸腿狼翻身逃跑的时候，才能叼住它的脊背，继而捕住它！加里心中登时踏实了，它继续滑翔、盘旋，等待着那个机会的到来……

瘸腿狼正躺在雪地上一动不动地盯着巨大的盘旋着的加里，双方就这样僵持着……十分钟以后，瘸腿狼忍受不住了。它觉得自己身体中的血液正在凝结，体内的热量也快要散失殆尽了。就这样冻死在这儿？笑话！得想法子逃脱！生的渴望促使它为如何摆脱这个困境而绞尽脑汁，但它仍旧想不出一个妥善的办法。它的双眼骨碌碌地翻转着，既盯着天上的对手，又注视着周围的环境。

这时它发现，离它不到三十米处就是一片白桦树林，假如它能逃进去的话，那么便可以脱险，因为雕无论如何是不能在林子里飞的。哈哈！就这样！

它又等了片刻，看着银雕在盘旋时的一个转身的一霎，瘸腿狼猛地翻身起来就向那片桦树林奔去，不料由于用力过猛，伤口一阵剧痛，它双腿一软，跌了一跤。而正在这时，银雕加里已闪电般地冲下来，探出金钩一般的利爪。瘸腿狼见状又是一个滚翻，还想采用方才的方法，不料这次加里迅猛无比，没来得及等对手翻过身来，已然将瘸腿狼的后背擒住，便要起飞。眼见瘸腿狼是活不了了。不料那瘸腿狼头一摆，一口便咬住加里的腿，加里一声长唳，坠落地上，这时瘸腿狼立即翻身用两只前爪将加里按在了地上，任加里两只有力的翅膀扑扇而无动于衷。这一下应变神速，加里怎么也不会想到自己反倒落入了对手口中，于是它平静、冷漠而且蔑视地望着沾沾自喜的对手。这清冷的、蔑视的目光瞅得瘸腿狼心里直发毛，它不再犹豫，张口便咬向银雕的喉咙。

就在这千钧一发的时候,离它们四十米处一声清脆的响声,加里看到瘸腿狼的脑浆迸裂,头一歪,重重压在了自己身上,颤动了几下,便不动了。加里立即明白:它的对手死了。当它挣扎着摆脱对手的重压,在雪地上立定的时候,迎面矗立着一个黑影,一个高大而挺立的黑影!

这是人!加里似乎明白了,眼前这个最友好而又最不怀好意的黑影正是人!

于是它想起自己的爸爸妈妈的话:要绝对防止在人面前露面,一定要离开人这个东西,因为他们才是最危险而又最可怕的敌人!

加里也清楚地记得自己的爸爸、爷爷都是丧生在人的手中的。可今天?人——他——那个黑影,怎么却救了我呢?人真是厉害,距离那么远,手中的长管响一下,瘸腿狼便死了。我该怎么办?

这时,那个人的脚步越来越近。它想起飞,但却飞不起来，于是便静静地等着那呼的一声响起来结束自己的生命。加里对死向来是不怕的，像刚才在狼爪下表现的一样，它闭上了眼睛。

然而一直到脚步声嘎吱嘎吱停止，那一声响仍然未响起。加里惶恐了，睁开眼，却见眼前挺立的那个黑影，那个黑影——人没有动，一直望着自己，嘴里嘟哝着，并且加里还发现眼前这人的眼睛里露出了极其和蔼的光，但这目光和一张布满坑坑洼洼的脸、一撇小胡子以及一双三角眼却不相称。

加里起初很害怕，但见那"三角眼"渐渐蹲下来，毫无伤害它的意思，嘴里便发出了微小的表示亲昵的声音，显然，这人也懂得了它的举动。只见"三角眼"从怀中掏出来一个白色的塑料小瓶，倒出来一些白色的粉末，敷在加里的伤口上，它立刻觉得伤口麻痒舒适，疼痛登时减了大半。加里对面前这人的戒备放松了。接着，"三角眼"便把加里

提起来抱到怀里，一面用极温和的口气说着什么，一面用亲切但不免做作的目光看着它。

后来，"三角眼"便把加里带到一个木板房中。木板房内生着火，很温暖。加里环视四周墙壁，见挂着许多熊皮、狼皮等曾是它的对手的皮毛。这兽皮又使它的内心蒙上了一层阴云。"三角眼"对它很好，给它吃喝，帮它整饬凌乱的羽毛，还给它治伤。

就这样，安稳地过了三天。

第四天，"三角眼"带着加里走出了木板房。走呀走，走呀走，一直走出了大森林，走出了冰雪世界，来到一个有更多的人的地方。后来他们又到了一个有很多兽皮的地方，"三角眼"找着了一个戴大毡帽的人，并且同那人脸红脖子粗地争论了好一阵，最后，加里看见"大毡帽"给了"三角眼"

一大沓花纸片,花花绿绿的不知是什么东西。再后来,"三角眼"便把加里递到"大毡帽"手中。"大毡帽"瞧了加里好一会儿,便绑住了它的双腿和嘴,提着它的翅膀就走了。

加里非常着急,哀求似的望着曾经救过它的命的"三角眼",但它发现"三角眼"正埋头在数着那一厚叠花纸片,连头都没抬一下。加里这时才明白,它真正落入了虎口。于是它便悔恨地责怪自己为什么要轻信人呢,但这已经是毫无办法的了。

后来,"大毡帽"带着它走上了一条像大蟒蛇一样的东西,里面有着许许多多的各种各样的人。加里把眼紧紧地闭上了,它发誓再也不想看到人的嘴脸。

这"大蟒蛇"轰轰隆隆地走了整整一天,"大毡帽"才带着它下了"大蟒蛇"。这时加里看到,

眼前的一切都是那么的新鲜：许许多多来往飞快的奔跑着的小方块，处处矗立着比它见过的任何桦木和红松都要高的大方块，还有到处走动的密集的人，他们凡是见了加里，都投来奇异的敬畏和羡慕的目光。加里用恶狠狠的目光与之对视，然而加里却不知道，人们目前是非常希望自己能成为一只鹰或雕的。

后来，"大毡帽"又带着加里来到了一个有着许多动物的地方。那些动物都被关在笼子里，笼外围着许许多多的人在观看。

后来，"大毡帽"便和一个穿一身白大褂的人说了些什么，照样是争了半天，那"白大褂"便掏出了比"大毡帽"给"三角眼"更厚的一叠花纸片。待"大毡帽"一走，"白大褂"便把加里关到一个空旷的大笼子中了。

以后的日子便是许许多多的人围着笼子观赏它,议论着什么,并且扔进一些加里曾经梦里追求过的东西。然而加里都不加理会,无限的悲哀与惆怅笼罩着它那颗已经冰冷了的心。好几次,它怒不可遏地冲向顶端,但总被那一层铁丝网挡下来。而每当它像这样折腾到感到饥饿了的时候,那个"白大褂"便提一个木桶扔进来一些鲜肉。

就这样,半年过去了。

就这样,一年过去了。

加里的羽毛丰满了,长得更英武更强壮了。然而生活的平静和单调以及牢笼关押使它越来越强烈地思念大森林,越来越渴望着自己能重新飞到天空中,与狼虎斗、与狸兔赛跑……然而这只是梦而已。

加里每天都盯着苍穹,涌现出许多渴望和梦想。它开始寻找着逃走的机会。半个月后,终于有一天,

一个"白大褂"在修理铁丝网的时候,揭开了一大块网。于是加里毫不犹豫地冲出了网笼,冲向了蓝天,把那个由于惊愕而呆立在网笼上的"白大褂",远远地甩在了下面。

但是一年多的笼中生活,已经使它飞翔的能力大大减弱,它在升高了以后,再不能直线飞行,一直盘旋着,在空中画着弧圈飞……它的心是那样地焦急,是那样地渴望大森林,终于在奋飞了许久之后,由于坚贞的信念驱使,它飞得又平又稳了,箭一般飞向大森林,飞向了它日夜思念的地方。

飞呀飞……飞呀飞……

终于,加里的眼睛里出现了大森林的宏伟的身躯,那平静而又喧闹的世界,那浸渍着它祖辈们鲜血的土地……它的双眼湿润了……模糊了……它终于又回到了自己的家乡!

当加里飞临大森林的顶空时,它忽然发现地下有一个黑影在蠕动,一种强烈的捕击欲望重新涌上了它的心头,它毫不犹豫地扑了下去……这是一条蛇!一条三角头毒蛇!加里一年多没有体味到捕击猎物时的欢乐了。它一个俯冲,抓起了蛇身,带着这条猎物,带着巨大的欢愉冲上了天宇……啊,胜利了!我并没有失去生活的勇气和力量!加里欢呼着。

然而就在这个时候,它的腿猛烈地一震,这才发现,那支毒蛇正恶毒地咬着它!

加里愤怒了,它一下子便将这条蛇拽为两段,继而张口使劲地吃着,它要品味又一次战后的欢欣。

但它却觉得麻木的疼痛逐渐蔓延到整个身体,它明白:中毒了。于是它竭力地飞呀,飞呀,又飞到了那个曾经和瘸腿狼搏斗的地方的上空时,再也

支持不住了,一头栽了下去,落在了那个山谷中,落在了正在萌发春意的土地上。加里在吐出最后一口气后,它含着微笑,带着欣慰,头枕着自己的信念和追求,死去了。

这就是它的归宿!这归宿是那么美好!

然而就在它发现这个山谷的同时，一只黑影也同时跃入它的眼帘！于是，一阵狂烈的心跳和激动使它眼前的影子模糊起来。然而片刻之后，由于饥饿而引起的更加激烈的肠绞痛已替代了发现猎物的激动的感觉，它的双眼立即冷漠、清楚起来，这时它看清了，眼前正瘸着腿走路的东西是一只狼！